Spill the Jackpot

新編賈氏妙探

之4 拉斯維加，錢來了

賈德諾 Erle Stanley Gardner 著　周辛南 譯

目錄 Contents

Spill the Jackpot

出版序言

關於「妙探奇案系列」

當代美國偵探小說的大師，毫無疑問，應屬以「梅森探案」系列轟動了世界文壇的賈德諾（E. Stanley Gardner）最具代表性。但事實上，「梅森探案」並不是賈氏最引以為傲的作品，因為賈氏本人曾一再強調：「妙探奇案系列」才是他以神來之筆創作的偵探小說巔峰成果。「妙探奇案系列」中的男女主角賴唐諾與柯白莎，委實是妙不可言的人物，極具趣味感、現代感與人性色彩；而每一本故事又都高潮迭起，絲絲入扣，讓人讀來愛不忍釋，堪稱是別開生面的偵探傑作。

任何人只要讀了「妙探奇案」系列其中的一本，無不急於想要找其他各本，以求得窺全貌。這不僅因為作者在每一本中都有出神入化的情節推演，而且也因為書中主角賴唐諾與柯白莎是如此可愛的人物，使人無法不把他們當作知心的、親近的朋友。「梅森探案」共有八十五部，篇幅浩繁，忙碌的現代讀者未必有暇遍覽全集。而「妙探奇案系列」共為廿九部，再加一部偵探創作，恰可構成一個完整而又連貫的「小全集」。每一部故事獨立，佈局迴異；但人物性格卻鮮明生動，層層發展，是最適合現代讀者品味的一個偵探系列。雖然，由於賈氏作品的背景係二次大戰後的美國，與當今年代已略有時間差異；但透過這一系列，讀者仍將猶如置身美國社會，飽覽美國的風土人情。

本社這次推出的「妙探奇案系列」，是依照撰寫的順序，有計劃的將賈氏廿九本作品全部出版，並加入一部偵探創作，目的在展示本系列的完整性與發展性。全系列包括：

①來勢洶洶 ②險中取勝 ③黃金的秘密 ④拉斯維加，錢來了 ⑤一翻兩瞪眼 ⑥變！失踪的女人 ⑦變色的色誘 ⑧黑夜中的貓群 ⑨約會的老地方 ⑩鑽石的殺機 ⑪給她點毒藥吃 ⑫都是勾搭惹的禍 ⑬億萬富翁的歧途 ⑭女人等不及了 ⑮曲線美與痴情郎 ⑯欺人太甚 ⑰見不得人的隱私 ⑱探險家的嬌妻 ⑲富貴險中求 ⑳女人豈是好惹的 ㉑寂寞的單身漢 ㉒躲在暗處的女人 ㉓財色之間 ㉔女秘書的秘密 ㉕老千計，狀元才 ㉖金屋藏嬌的煩惱 ㉗迷人的寡婦 ㉘巨款的誘惑 ㉙逼出來的真相 ㉚最後一張牌。

本系列作品的譯者周辛南為國內知名的醫師，業餘興趣是閱讀與蒐集各國文壇上高水準的偵探作品，對賈德諾的著作尤其鑽研深入，推崇備至。他的譯文生動活潑，俏皮切景，使人讀來猶如親歷其境，忍俊不禁，一掃既往偵探小說給人的冗長、沉悶之感。因此，名著名譯，交互輝映，給讀者帶來莫大的喜悅！

譯序

美國有史以來最好的偵探小說

周辛南

賈氏「妙探奇案系列」，（Bertha Cool—Donald Lanm Mystery）第一部《來勢洶洶》在美國出版的時候，作者用的筆名是「費爾」（A. A. Fair）。幾個月之後，引起了美國律師界、司法界極大的震動。因為作者大膽的在小說裡寫出了一個方法，顯示美國人在現行的美國法律下，可以在謀殺一個人之後，利用法律上的漏洞，使司法人員對他無計可施，只好讓他逍遙法外。

於是「妙探奇案系列」轟動了美國的出版界、讀書界和法律界，到處有人打聽這個「費爾」究竟是何方神聖？

作者終於曝光了，原來「費爾」就是名作家賈德諾的另一個筆名。史丹利．賈德諾（Erle Stanley Gardner）是美國當代最著名的作家之一。他本身是法學院畢業的律師，早期執業於舊金山，曾立志為在美國的少數民族作法律辯護，包括較早期的中國移民在內。律師生涯平淡無奇，倒是發表了幾篇以法律為背景的偵探短篇頗受歡迎。於是改寫長篇偵探推理小說，創造了一個五、六十年來全國家喻戶曉，全世界一半以上國家有譯本的主角——梅森律師。

由於「梅森探案」的成功，賈德諾索性放棄律師工作，專心寫作，終於成為美國有史以來第一個最出名的偵探推理作家，著作等身，已出版的一百多部小說，估計售出七億多冊，為他自己帶來巨大的財富，也給全世界喜好偵探、推理的讀者帶來無限樂趣。

賈德諾與英國最著名的偵探推理作家阿嘉沙．克莉絲蒂是同時代人物，都活到七十多歲，都是學有專長，一般常識非常豐富的專業偵探推理小說家。

賈德諾因為本身是律師，精通法律。當辯護律師的幾年又使他對法庭技巧嫻熟，所以除了早期的短篇小說外，他的長篇小說分為三個系列：

一、以律師派瑞．梅森為主角的「梅森探案」；

二、以地方檢察官Doug Selby為主角的「DA系列」；

三、以私家偵探柯白莎和賴唐諾為主角的「妙探奇案系列」；

以上三個系列中以地方檢察官為主角的共有九部。以私家偵探為主角的有二十九部，梅森探案有八十五部，其中三部為短篇。

梅森律師對美國人影響很大，有如當年英國的福爾摩斯。「梅森探案」的電視影集，台灣曾上過晚間電視節目，由「輪椅神探」同一主角演派瑞．梅森。

研究賈德諾著作過程中，任何人都會覺得應該先介紹他的「妙探奇案系列」。讀者只要看上其中一本，無不急於找第二本來看，書中的主角是如此的活躍於紙上，印在每個讀者的心裡。每一部都是作者精心的佈局，根本不用科學儀器、秘密武器，但緊張處令人透不過氣來，全靠主角賴唐諾出奇好頭腦的推理能力，層層分析。而且，這個系列不像某些懸疑小說，線索很多，疑犯很多，讀者早已知道最不可能的人才是壞人，以致看到最後一章時，反而沒有興趣去看他長篇的解釋了。

美國書評家說：「賈德諾所創造的妙探奇案系列，是美國有史以來最好的偵探小說。單就一件事就十分難得——柯白莎和賴唐諾真是絕配！」

他們絕不是俊男美女配：

柯白莎：女，六十餘歲，一百六十五磅，依賴唐諾形容她像一捆用來做籬笆，帶刺的鐵絲網。

賴唐諾：不像想像中私家偵探體型，柯白莎說他掉在水裡撈起來，連衣服帶水不到一百三十磅。洛杉磯總局兇殺組宓警官叫他小不點。柯白莎叫法不同，她常說：「這小雜種沒有別的，他可真有頭腦。」

他們絕不是紳士淑女配：

柯白莎一點沒有淑女樣，她不講究衣著，講究舒服。她不在乎別人怎麼說，我行我素，也不在乎體重，不能不吃。她說話的時候離開淑女更遠，奇怪的詞彙層出不窮，會令淑女嚇一跳。她經常的口頭禪是：「她奶奶的。」

賴唐諾是法學院畢業，不務正業做私家偵探。靠精通法律常識，老在法律邊緣薄冰上溜來溜去。溜得合夥人怕怕，警察恨恨。他的優點是從不說謊，對當事人永遠忠心。

他們也不是志同道合的配合，白莎一直對賴唐諾恨得牙癢癢的。

他們很多地方看法是完全相反的，例如對經濟金錢的看法，對女人——尤其美女的看法，對女秘書的看法……

但是他們還是絕配！

賈氏「妙探奇案系列」，為筆者在美多年收集，並窮三年時間全部譯出，全套共三十冊，希望能讓喜歡推理小說的讀者看個過癮。

第一章　縮水的白莎

護士小姐說：「楊大夫希望你見病人之前先能見他一下。請你跟我來。」

她在前走，有韻律的腳步聲，和漿燙過的白制服沙沙聲，透散著專門職業的氣息。

「賴先生，」她通告說。

我走進辦公室，她把門自我後面關上。

楊大夫有薄得透明的鼻梁，細而透視力強的眼睛，看他臉我好像在看一條直線，兩邊各有一個黑點。

「賴唐諾先生？」他問。

「不敢當。」

長而冷的手指握住我手。他說：「請坐。」

我坐下同時說：「我的飛機四十七分鐘後起飛。」

「我會儘量簡短，你是來接柯白莎太太出院的？」

「是的。」

「她的情況你都清楚嗎？」

「不多。她感冒後轉成肺炎，洛杉磯的大夫建議她來這裡作長期休養。」

「他們告訴你原因嗎？」

「沒有。」

「你是她合夥人？」

「我是她雇員。」

「她主持一家私家偵探社？」

「是的。」

「你現在全權在代理她的業務？」

「是的。」

「她對你有非常好的評介，賴先生。」他說：「十分信任。」

「從薪水上，不太看得出來。」

他笑笑：「我倒希望你能知道她的情況。我不想使她緊張所以沒有告訴她。最好你能請她洛杉磯的大夫告訴她。」

「她到底什麼情況？」

「你當然清楚她有多重？」

「不真正知道，她有一次告訴我，任何她吃下去的東西都會變成脂肪。她什麼都不吃只喝水也會胖。」

楊大夫逐字嚴格地說：「不可能，她只是因消化機能良好，她——」

「把每一點食物都變為營養。」

「可以這麼說。」

「那就是白莎。」我說：「她就是這樣。」

他觀看我數秒鐘說：「我給她訂了一份嚴格的飲食單。」

「她不可能遵守的。」

「所以要請你來監督她。」

「我不可能監督她，再說我也忙不過來。」

「以體重來說，她已把自己弄到十分危險的情況了。」

「她不關心這件事。」我說：「她本來很重視體型。直到有一天發現她先生對她不忠實。於是她讓他有女朋友，而自己猛吃，至少這是她自己告訴我的故事。先生死後她照吃。」

「給她減肥已很成功。目前體重必須保持。絕對不能再肥，否則心臟會不勝負擔。要知每磅脂肪須多少微血管來供應血液。她以前就是循環不良才小病變大病的。」

「你有沒有和柯太太談過？」

「有。」

「她反應如何？」

我可以從他眼中見到憤慨的表情：「她叫我滾我的蛋！」

「正是她的口氣。」我說。

他按了一下鈴，護士立即開門。

「賴先生來見柯太太，她可以出院了。」楊大夫指示。

「是的，大夫。」

「費用都付了嗎？」我禮貌上應該問一下。想像中他們會回答收費單會寄去辦公室，再寄支票來結帳不遲。

大夫避開我視線說：「已妥協了。柯太太提了強力的抗議，所以費用我們已——妥協了。」

我跟隨護士經過一條長走廊，上了一層樓，她停在一扇門前。我把門推開。柯白莎說：「滾出去！費用已付清，再也不量體溫——喔！是唐諾，你來得正是時候。進來，進來，不要淨站在外面。把我行李拿著，早離開這鬼地方早好。全世界最——你怎麼啦？唐諾。」

我說：「我幾乎不認得你啦。」

「我自己也不認得啦。我病重的時候輕了不少。大夫不准我吃東西以免體重上升。昏他的頭，唐諾你知道我現在多重，只有一百六十磅啦。以前的衣服一件也不能穿了。」

「你看起來很棒。」

「少來！少來這鬼大夫那一套。一定是鬼大夫要你來拍我馬屁，又告訴你我心臟不勝負擔，是嗎？」

「你怎麼知道的？」我問。

「楊大夫那種剛出道的把戲，我要是看不透還能稱為偵探呀。我說等你來接我，他就問飛機什麼時候到，又對護士說你一到先要見你，都是一派胡言。你把我的業務弄得怎麼樣了？有賺錢嗎？最近我開支太大，公司一定要緊縮每一分開支。你知道所得稅徵得多凶？我同意愛國，但是全國軍備都要靠我來──」

我抓起行李說：「班機十點起飛，我有部計程車在等。」

「計程車！在等?!」

「是的。」

「你為什麼不早講。你看你在這裡嚼舌頭，計程錶在那裡滴嗒滴嗒吃我們錢，我的收支永遠不能平衡。我知道你是個好孩子，但你老以為鈔票是樹上長出來的，照你亂花的樣子看來，你──」

白莎大步跑出房間時，護士伸出她的手說：「再見，柯太太，祝你好運。」

「再見。」白莎沒回頭，一面回答一面加速在走廊上跑。

我說：「講好等候不要錢的。」

「喔，」她說，緩下腳步。

我們步下階梯，計程車駕駛代我們裝行李。

「機場？」他問。

「機場。」我說。

白莎向後靠在車座上：「區先生的案子怎麼樣了？」

「結案了。」

「結案了？你把目前我們唯一在手上的案子結案，我還賺什麼錢？」

「我們找到她，他付了獎金。」

「喔。」她說。

「我們有了另一件案子。」我說。

「什麼案子？」

「還不知道，一位華先生來信，希望今晚我們派人到拉斯維加斯和他見面。」

「有先匯錢來嗎？」

「沒有。」我答。

「你怎麼回他？」

「電告他我會去見他。」

「沒要他付定金？」

「沒有。我們反正要經過那裡，我可以留一晚，並不多花費什麼。」

「我知道，但是你本可先向這位花先生要點錢花花——」

「華先生。」

「好，不管他姓什麼。他想要什麼？」

「他沒說。」我從口袋裡拿出他的信：「這是他來信。看這信紙的材料，幾乎可以代替金屬做飛機外殼了。」

她看看那信紙信封說：「我跟你一起耽擱一天見見他。」

「不，你應該休息一、二個星期。」

「胡說，讓我自己來接頭。」

我什麼也沒說。

我們在起飛時間十五分鐘前到達機場。在候機室等候。過不多久，自東來的班機到達。擴音器宣佈西行旅客開始登機，白莎和我進入機艙。約有半打過境旅客早在機上未下機。白莎找座位坐下，長嘆一聲說：「我已經開始餓了。唐諾，跑回去給我買兩塊巧克力條。」

「不行，沒時間了。」

「不要那樣，還有兩分鐘時間。」

「你的錶慢了。」

她又歎口氣重重靠向靠背。靠窗坐的男人轉頭偷瞥她一眼。

「你還好嗎？」我問。

「還好，兩個膝蓋不聽話，肚子空空，全身像塊抹布，鬼大夫把我整慘了。」

我外側那位男士看看錶。指著錶面，離起飛尚有三分半鐘，他說：「我這個錶最準時。」

白莎轉過頭來。我說：「是的，我知道她錶慢了，你看我也是準時的。我才在大廳對過時。」我把錶給他看。時間和他的錶是相同的。

他想說什麼，但立即改變意見，把頭轉看窗外。

飛機引擎發動，漸漸加快轉速。一位遲到的旅客匆匆登機找座位坐下，緊張地以為立即起飛。過了一下見尚無動靜，顯現出奇怪的樣子。

柯白莎看看她自己的錶，又看看我，又二分十五秒後飛機慢慢駛離機坪。

我們飛離地面，引擎聲變為較輕及單調之震動，白莎進入瞌睡。我外側的男人側身向我，對我耳語道：「你是故意弄錯時間的，對不對？」

「沒有。」

他笑笑說：「你別騙我，我對心理學最有興趣。」

「很有興趣的學問。」

「你們來自春泉療養院？」

「她。」

「我聽她說大夫和兩膝不穩，所以知道。」

「嗯。」

他看了我一下，靠回椅子，看向窗外。過了半小時他再轉向我說：「她在減肥？」

我搖搖頭。

他轉向窗外，我休息著，過不多久，我聽到他側身，感覺他在注視我。我睜開眼見他正集中注意力在觀察我。我轉向他對他耳語道：「大夫要她減肥，她患了感冒及肺炎，她不得不減了一百磅。大夫叫她維持現況。她不在乎。她愛吃。現在請勿打擾，我要睡一下。」

他開始有點驚奇，而後懂了，笑笑說：「你說對了。」

我也瞌睡了一下。醒來時飛機已落地。我外側的男人側過身在我膝上輕輕打了兩下。他匆匆問我：「她如此超重有多久了？」

「我也不清楚。」

「我看恢復起來一定很快，你想控制她更困難。」

「不關我事，那是她自己的健康。」

「你們不是親戚？」

「不是。」

他有點失望地說：「我也許可以幫她點忙，同時做一點心理學的實驗。我打賭已經有很久，男人沒有把她當女人來對待了。我在這方面給她一點啟發，你看會有多大反應。」

「不必為我而犧牲。」

「我自願的，我非常有興趣。」

「說好，與我無涉。」

飛機已停妥在出口，空中小姐宣告本站停留時間十分鐘，引擎關閉，多數旅客離機散散心，伸伸腿。

「覺得怎麼樣？」我問白莎。

「軟得不像話。」

「大病初癒，自然現象。」

「餓出來的。」

「要離機走走嗎？」

「我要出去買點巧克力條。」

她離機，走進大廳，在供應站買了兩塊巧克力條。

曾坐我外側的男人漫步到她面前，說些什麼話。白莎用硬繃繃的臉色看著他。他再接近點看看她，要離開，又轉回，說了些話。白莎笑了。

我買份報紙，看看標題。一會兒那男人輕敲我肩說：「打個賭如何？」

「免。」

「我打賭她不會去吃這兩塊巧克力條。」

我摺起報紙：「她付五分錢買的吧？」

「沒錯。」

「她會吃掉的。」

第二章　尋找失蹤女郎

飛機在沙漠上慢慢下降，掠過眩目強光，黃沙中點綴著一叢叢窄葉灌木和山艾樹。飛機的陰影自機上向下望清清楚楚。而後飛機著地，自跑道滑行到人口眾多的建築物大廈。

「終於到了。」我對白莎說。

坐我外側的人驚奇地問：「你們也在這裡下機？」

「是的。」

「我也是。」他說。

白莎向他笑笑：「那很好，說不定我們還會見面。」

我們一起下機，在帶我們進城的車子裡，那人問：「你們在這裡久留嗎？」

「尚未決定。」

「公事？」

「是的。」

白莎坐在駕駛右側，那人湊向前把嘴唇接近她耳朵說：「拉斯維加斯你熟悉嗎？」

「不熟悉。」

我們沉默了一下，那人說：「薩兒薩加夫旅社是一個暫住的好地方。名字有點怪。你知道了它是把拉斯及維加斯分別倒過來拼就十分好記。這兒真是一個奇怪的城市，雷諾城名聲很大，但它有的這裡都有，我覺得這裡還更好。」

「兩地我都去過。」

「那我就不必介紹了。」

柯白莎在座中轉動著：「沙漠氣候真令人舒服。」

那人做個稍稍鞠躬狀：「沙漠氣候使你好看得很，你是健康的象徵。」

「那是我的化妝。」白莎說。

「你閃耀的眼光，雜貨店裡是買不到的呀！你假如有化妝，那不過是錦上添花。像你這樣平滑細嫩的皮膚也不一定需要化妝。」

白莎不知有多少年沒有聽過這種讚美了，我看著她真怕她會漏出「去你的」來。但她卻微笑著，把臉轉向車前，微笑竟溶成了痴笑。

薩兒薩加夫旅社，柯白莎登記著柯太太。那人說：「巧得很，我到這裡的目的是接見一位柯先生的代表。」

柯白莎看著他，突然說：「你是花先生？」

「華先生。」我禮貌地修正著，

他驚奇地愣著。「但是——我——」他轉問我：「你是賴？」

我點點頭。

「那麼所謂柯氏是柯太太，不是柯先生？」

白莎說：「我的偵探社用柯氏名義省得不必要解釋。」

華先生說：「我們上樓談。去你的房，柯太太？」

「好，」她說：「十分鐘之後。」

他的房在我們下面一層。當他先離開電梯時，白莎說：「他挺不錯的。」

「嗯哼。」

「蠻文雅，挺突出的。」

「嗯哼。你怎麼沒吃巧克力條？」

「現在不吃，我有點頭痛，暫時留著。你快去你房，十分鐘內到我房間來，我不要讓華先生等候。」

「我會到。」

我盥洗一下。九分半鐘的時候到達白莎房門口。舉手敲門的時候華先生也到了。

白莎讓我們進門，我嗅到面霜的香味。「請進，華先生，」她說：「請進隨便坐。唐諾，你坐那邊椅子。」

我們坐下，華先生疑問地看看我說：「你不像我想像中要見的那種人。」

柯白莎自樟腦丸中找出羞答答的笑容，掛到臉上，搔首弄姿地說：「我也使你出乎意料吧？」

「當然，我簡直不能想像，你這樣嬌秀，優雅的女人會做這種職業。有時需要卑鄙污穢，就太委屈你了。」

「倒也不見得。」白莎用矜持的語氣委婉而言：「有時也非常有興趣。當然卑鄙污穢的工作都由唐諾去做，你找我有什麼事要辦呢？」

「我要你們尋找一位年輕女郎。」

「唐諾對這種事最在行，他才完成一件類似的案子。」

「這件事比較不一樣。」

白莎小心地問：「你是她父親嗎？」

「不是，是我的兒子非常關心——過份關心的人。」

我們等他繼續，他把腳架在膝蓋上，把雪茄的尾部剪掉，問道：「允許我抽菸嗎？」

「儘管請，」白莎說：「我喜歡男人抽雪茄，像個男子漢。」

他點著雪茄，小心地把火柴放進菸灰缸。開始說：「我的獨子叫華費律。我負責一個廣告事業，我要費律跟我組織股份公司，我在他結婚時要給他一半股權。」

「那很好。」

「費律不太喜歡受辦公室束縛，也許我太溺愛了，但他鬧起戀愛來倒十分認真，他就是對那女郎太痴了。她是一家飛機工廠經理的秘書，她是非常能幹可信的。費律受她影響很大，他突然決定拋棄一切享受，要努力工作，真是一個太大的改變。」

「你一定非常高興他這種變化。」

「是——從某方面而言——但是——」

「你希望他們結婚嗎？」

「最初我希望費律在事業有成後再結婚。他已二十八歲，除了玩樂旅行什麼也沒做過，我沒辦法使他做正常工作。」

「原來如此，那女孩又怎樣了？」

「婚禮舉行前兩天，正確日子是十號，她失蹤了。」

「有沒有留言或線索？」

「什麼也沒有，她就是失蹤了，而且怎麼也找不到。」

「假如你覺得結婚早了一點，這不正好嗎？」白莎問道：「她既是失蹤，一定有她原因——也許是自願的，或者是不想當媳婦了。」

華先生雙手一攤，肩一聳：「這些我都想過。」

「還有什麼困難？」

「我才告訴過你，費律受她影響很大。老實說我還有點反對這件婚事，但是她失蹤的情況。使我非設法找到她不可——為的是費律。費律為此不能入睡，也不吃東西。整天呆呆楞楞，體重下降，失魂落魄。」

白莎說：「好，唐諾會找到她。」

他轉向我。

「把你知道的全告訴我。」我說。

「我說過，可娜替侖道夫飛機公司一位經理做秘書，她和另一位女郎合租公寓居住。她失蹤那天早上，她有點情緒不定，心神分散，和她同室的女友希望知道原因，可娜說沒什麼。

「十日上午八點十分她出發上班，她準時到班，經理說她一切正常除了比平時文靜一點。她早已通知經理一等公司找到接替人，她立即離職。她和費律決定結婚後把蜜月稍為延後，可娜是十分優秀的秘書，那經理曾一再希望她結了婚仍能留任。我一再地重複，目的使你們瞭解她對工作的責任感，即使她逃跑是因為費律的原因，她也絕不會棄公司於不顧。

「她速記經理的口述到十點，而後她開始將速記的內容改變為打字。她所做速記中有一封信十分重要而且是密件，和某種新式飛機有關，還有一些公司間備忘錄，也是機密。

「那經理在口述信件後離開辦公室參加簡報。簡報為時二十分鐘。回辦公室時發現可娜不在辦公桌後面，信紙捲在打字機之上，她已開始打了幾個字，而且在一句的中間停住。那經理以為她去洗手間。回到自己辦公室，繼續工作。十五分鐘後他想到另一必須辦理的信件。按鈴請可娜。由於沒有回音，他來到外間，發現一切都和十五分鐘前相同。

「又再過十五分鐘，他請另一位秘書到洗手間找尋可娜但沒找到。從此可娜失蹤再也沒人見到過她。可娜隨身皮包放在桌上，裡面有她全部財產大概五十元零鈔。她沒有銀行存款。她的唇膏、粉盒、胭脂、鑰匙和一切用品都在皮包裡。」

「有沒有通知警方？」我問。

「有，但警方沒有盡力找尋。」

「還有什麼其他線索？」我問。

「有一件。」

「什麼線索？」

「依據她同室好友，可娜全身散發愉快之情直到失蹤前二十四小時。所以我試圖追究到底最後二十四小時發生了什麼變故。唯一能發現的是出事前一天她曾收到一封信。這封信來自拉斯維加斯一位姓荀的。」

「怎麼會知道的？」

「房東太太每天分信到各公寓，她未出嫁時姓荀。二姓只差一筆。房東太太強調她除了確定信是寄給她的房客，和她自己不至分錯外，不喜歡多管別人信件來自何方何人這些閒事。」

「當然，」白莎諷刺地說：「她絕不會想偷看別人信件。」

華先生笑笑說：「她說姓荀的不多，當她見到拉斯維加斯荀寄時，以為是她親戚寄的，然後才知道是『荀』不是『苟』。」

「拉斯維加斯什麼地址她記得嗎？」

「她記不得。」

「發信人是男是女她知道嗎？」

「不知道，信上只有拉斯維加斯荀寄，這當然不算是個有用的線索。但也是目前唯一的線索。」

「那本速記本怎麼樣？」我問：「就是有重要機密信件速記的那本速記本。」

「就放在她辦公桌上。」他說：「這些若有遺失，也許可請聯邦調查局介入。但她的失蹤任何方面看來，和她工作並無關聯，而完全是私人原因。」

「你認為拉斯維加斯有位姓荀的，可能知道她失蹤的原因？」白莎問。

華先生說：「是的，柯太太，荀也是很少的姓，在本地有一位荀海倫，在這裡已好幾個禮拜了。」

「你有去找過她？」我問。

「你怎麼會想到我去找過她？」他小心地問著。

我說：「你既知道她在這裡，你當然希望自己去找線索，何需聘私家偵探來調查。只有一個可能，你試過但失敗了。」

他沒有立即回答，他把雪茄自口中取出，對它看了幾秒鐘，移動了一下坐的位置說：「老實說是事實。我在這裡有些朋友，姓彭。彭太太是多年好友，她女兒若思非常可愛——我一直希望費律能瞭解她有多可愛。」

「他不瞭解？」

「他們也是好友。我曾希望朋友變親戚，假如沒有傅小姐的出現，一切都會成為事實。」

「彭氏家庭還有什麼人？」

「彭家騰，是波德水壩發電廠的一位年輕職員，業餘駕駛，他有一架飛機四分之一的主權。」

「彭家只有三個人？」

「對，只有三個人。」

「你請他們其中的一個人，找過海倫？」

「是的，家騰做了些調查的工作。我給他長途電話，請他在此找一個姓荀的人。萬一找到，去問問與可娜有什麼關係。不久他找到一個荀海倫。」

「他見到她了？」

「是的，見到了荀海倫，但對全案毫無益處。」

「詳情如何？」白莎問。

「荀小姐告訴他，她沒有寫什麼信，她也不認識任何叫可娜的女孩，當然更不知她在哪裡。並希望不要因此再打擾她，她說從未聽說過傅可娜這個名字。」

「她說的是實情嗎？」白莎問。

華先生說：「無從得知，家騰相信她。那女孩本身神秘兮兮不可捉摸，所以我要請專家來試試。」

「警方如何？」白莎問：「你說他們不太有興趣？」

他動動肩部：「在他們看來，不過另一件人口失蹤而已。他們依常規調查了一陣子，如此而已。他們有成見，認為大多數這種年齡女郎的失蹤，不是懷孕就是私奔。他們認為可娜原有情人，決定嫁給費律因為他是金龜婿，但最後還是愛情重於麵包。」

「費律真是金龜婿嗎？」白莎問。

「有些媽媽們會這樣想。」

「你希望唐諾自姓荀的女孩著手？」

「我要他查明可娜出了什麼事，為何失蹤，現在何處？」

「你希望他查出什麼結果呢？」

「我希望唐諾能證明可娜的失蹤是出於自由意志。我希望可娜失蹤的原因會使我兒子對她死心。更能轉變加強對彭若思的興趣。老實說，可娜失蹤造成了太多宣傳，使我覺得即使她回來也不可能是個好媳婦。她是個好女孩沒錯，但華家容不得這類事的發生。」

白莎說：「唐諾會使荀海倫什麼都說出來，女孩都喜歡唐諾，她們真心喜歡他。」

華先生很讚許地望著柯白莎，他說：「我真的非常高興能找到你們的幫助。雖然我絕不會想到一個偵探社是由一位女士來主持的。更別說是由一位誘人的女士主持的。」

我說：「你有傅可娜的照片嗎？」

他點點頭。

「我要她照片，要她外表的資料，要你介紹我可以認識彭家騰。你可以用電話告訴他我會去找他，請他合作。」

華先生想了一下說：「是的，我想這辦法很好。」

「我還要荀海倫的地址。」我說。

「我會寫給你。」

「照片在身邊嗎？」

他自口袋取出兩張照片遞給我。一張是照相館照的，照片中女孩淺色頭髮，鼻尖稍稍上翹，眼睛透出聰明能幹。另一張是快照，焦距不太準，女郎穿了泳衣在玩球。她笑得開心，牙齒潔白整齊，背景稍黑，眼部在陰影中無法見到表情。但照片也捕捉到她熱情，真摯的一面。這類女孩比較不肯安定下來，她喜歡變化，喜歡改變環境，一生中容易發生錯誤，但她總是樂觀向前的。

我把照片放入口袋：「不要忘了給彭家電話，告訴他們我會去看家騰的。」

「我可以和你一起去——」

「不必，我自己去好一點。」

「隨你。」

白莎說：「唐諾工作十分迅速。」

華先生說：「我想我是找對人了。」他兩眼平靜地注視白莎。

白莎把眼皮下垂，我從未在她臉上見過這種表情，是嬌羞的表情。

「這一切服務我要付多少錢呢？」

談到錢，白莎的臉立即改變，好像突然把面具一下拿掉。

「二十五元一天，開支另加。」

「是不是稍貴了一點？」

「以我們的服務素質而言不貴。」

「我知道請個私家偵探——」

「你不是請一個私家偵探，你請的是一個偵探社。唐諾管外勤在第一線作戰，而我在辦公室則萬分關心。」

「照這個花費數字，」華先生說：「你應該保證有結果。」

白莎眼瞪著他說：「你以為我開的是保險公司？」

「總也要有個限制。」華先生說。

白莎說：「我答應儘量把開支節省。」

「接待開支怎麼算？」

「沒有接待問題，吃飯自理，預付定金兩百元。」

華先生一面簽支票，一面說：「兩週之內，無論你們找到她，或找到證據足證她是自願離開的，我另給獎金五百元。如果找到她我甚至肯發一千元。」

白莎看著我：「唐諾，你聽見了？」

我點點頭。

「那你還在這裡幹什麼？快出去辦事。我雖被禁閉在療養院六個月，但我還不需要你來幫忙簽一張收據。」

第三章　吃角子老虎

紫色的日影在沙漠上匍匐爬過，空氣又乾燥又清新。時在初春，除了偶有觀光客穿得整齊外，本地人都不穿外套。

拉斯維加斯是個典型的西部城市，一條主街貫通全城，大的店舖都在街上。側街上只有營業時間較延長的付現雜貨店或小買賣。主街兩端各有一區，其中一區為兩哩長的旅社，汽車旅館及拖車營地。另一端的一區全為出租房屋或房間。許多女性租屋住在這裡——等候離婚。

主街上最多的是賭博俱樂部、飲食店、旅社、酒店。這裡任何形式的賭博都是合法的。我在街上晃了一圈後找了一輛計程車，把華先生給我的地址告訴計程車司機。

房子是個小房子，但十分特殊，不論當初是什麼人設計的，他一定放棄了所有傳統的型式，立意使它與本區其他房子不同。

我付了計程車車錢，走上三層的台階，來到門廊，按門鈴。

應門的年輕巨人有金色頭髮，但皮膚成日曬古銅色。他說：「你是洛杉磯來的賴先生？」我點點頭，他就用強壯的手和我握手。

「請進，華亞賽打過電話來，談起你要來。」

我跟他進入屋裡，煮菜的味道很香。「今天我休假。」他解釋：「我們五點鐘吃晚飯。試試窗邊那張椅子，最舒服。」

那椅子確是很舒服，事實上是這房間中最舒服的一張椅子。整幢房子佈置就是如此，很經濟的傢俱，但一、二件特別實用，完全沒有貧窮相。反倒顯得主人為某種原因，不惜多花點錢。

彭家騰是個巨人，但是瘦高得像根竹竿，他行動快速，一眼即知他是戶外型的，他的工作是在沙漠之中。他自己也滿意自己古銅似的健康膚色。

一扇門打開，進來一位女士，我起立。家騰說：「媽媽，這位是洛杉磯來的賴先生，亞賽來電介紹的那位。」

她走向我，親切地笑著。

她還是一位不落伍的女士，一定很注重體態和面容，大概五十歲出頭，但看起來四十不到。她飲食一定十分節制才能保持不胖又使皮膚彈性不頹，褐髮褐眼型的。鼻子長直，鼻翼奇薄猶如透明。

她說：「賴先生，您好，能替亞賽的朋友效勞是我們最快樂的事。我們也歡迎你利用我們的家，作為你在維加斯的總部。」

這後半句話明顯是個假客氣，如果我跟進，她家就得有人睡陽台上。我很禮貌地回答：「謝謝，我在這裡可能只有幾個小時，會很忙，但無論如何都要謝謝你的好意。」

一個女孩進來。好像每個人都站在門邊，一個一個出場，如此彼此不相干擾，每個人可以給來客一個獨特的形象。

由彭太太主持介紹儀式：「若思，我給你介紹洛杉磯來的賴先生，華先生來電介紹的人。」

若思一看就知道是彭太太女兒，也有個直而長的鼻子。鼻翼比紙也厚不了太多，髮色較母親為深，屬赤褐色。眼珠藍色。和她媽媽有相同的堅強，自信，有目標和自我控制力。這類女人是好獵手，使人想起壁爐前伸出前肢躺著的貓，皮毛那麼柔軟，但牠們是好獵手。

我含糊地應對著客套話，彭太太已邀請大家坐下談。

我們全坐下。

所有討論過程他們三個人都是全程親自參與的。倒不是他們信不過家騰表達的能力，而是這些人天生就不是相信別人的個性。每人都要未經轉述的第一手資料，每人早已決定參與會議。都是預定計劃，依計實施。

我說：「我只打擾你們數分鐘，我想知道荀海倫。」

「嚴格說來，我對她什麼也不知道。」彭家騰說。

「那也不錯，最糟的是明明不知道，自以為全知道了。」

他們都笑了。他說：「我跑去看——」

「家騰，賴先生一定希望你從開頭開始講。」媽媽發言。

「是呀。」若思說：「華亞賽給你的電話。」

他沒有接受她們建議的表示，只當是自然的現象。接下去說：「華亞賽給我一個電話。電話來自洛杉磯。我們二家相識有年。若思一年前在洛杉磯見到費律。他到這家裡來過很多次，也招待若思去洛杉磯玩。亞賽你知道是費律的爸爸，他——」家騰匆匆地看他媽媽一眼，沒有見到鼓勵的表示。就改口說：「他也常來，有時特地飛來共渡假期。」

「電話中他說些什麼？」我問。

「他說有一個姓荀的給傅可娜一封信。他要我找到那個姓荀的，問問信裡說些什麼。因為可娜見信後十分不安。」

「我什麼線索也沒有。花了半天才找到姓荀的。她住在一個公寓裡而且來本城也只有二、三週。她說她不認識傅可娜，也不知此事，更沒寫過信。所以我等於什麼消息也沒有問到。」

「之後呢？」

「沒有之後了。」

「你看她是不是推託或懼怕？」

「沒有，只是坦白地告訴我她什麼也不知道。看起來一點也沒發生興趣。」

「你認識可娜嗎？」我問。

他移動眼光，這次不是轉向媽媽而是向若思。他說：「我見過她，費律介紹的。」

「你當然知道費律和可娜預備結婚。」

家騰沒回答，若思說：「是的，我們知道。」

我說：「華先生給我荀小姐的地址，一定是你告訴他的囉？」

「是的。」

「你知道她還住在那裡嗎？」

「我想是的，我只見她那一次。她不像想搬家的樣子。」

「亞賽——華先生什麼時候來本城的？」彭太太問。

「今天下午和我同一架飛機來的。」

「噢。」

若思問：「你知道費律會來嗎？」

「沒聽說。」

彭太太確定地說：「晚餐後亞賽會來這裡的。」

她說「晚餐」時巧妙地加重了一點語氣。

「荀海倫是怎樣一個人？」我問家騰。

他說：「她是典型的。」而後笑笑。

「什麼典型？」

「你在本城所見的典型。」

「怎麼個典型法？」

他猶豫著好像想找出文字來形容。

若思說：「酸葡萄。」

家騰說：「我和她談話時進來了一個男士，他不像是她丈夫，但——」

「她和他住一起。」若思提出：「你是不是想這樣講？」

「正是。」

「家騰，賴先生要的就是事實。」

「他正在得到事實呀。」家騰有點窘態地說。

我看看我的錶說：「真多謝了，我再去見她試試看。」

我站起來。

他們三位都站了起來，我沒興趣也沒時間客套。

家騰讓我出門。

「你知道亞賽要在這裡多久嗎？」他問。

「不知道。」

「你沒聽說費律要不要來？」

「沒聽說。」

「有什麼我可幫忙的，請告訴我。再見。」

「謝謝，再見。」

下午四點半，我步上階梯按荀海倫公寓的門鈴。我連按好多次，再試隔壁公寓的門鈴。一位太太那麼快就把她頭鑽出來，顯示她在門裡注意著我。她在自己家裡一定可以聽見海倫家的鈴聲。

「對不起。」我說：「我在找荀海倫。」

「她住隔壁公寓。」

「我知道，但她好像不在家。」

「是不在。」

那女人大概四十歲，閃爍的黑眼珠晃視不定，看看我的臉，轉過去又轉回來，看看路上又看看我。

「知道什麼地方能找到她嗎？」

「見到她，你能認識她嗎？」

「不認識，我來調查她所得稅。」

「所得稅?!」她半轉上身向屋內叫著：「老頭！你聽到了嗎？那個女人也付所得稅！」

一個男人的聲音在裡面說：「嗯哼。」

那女人潤一下嘴唇，深呼吸一下說：「上帝知道我最不喜歡管鄰居的閒事了，自掃門前雪是我的座右銘。對我而言，只要她肯安安靜靜地住在隔壁，我什麼也不管。前幾天我還對我丈夫說過這句話，上帝知道那女人怎麼每天把晚上當作白天，讓男朋友到公寓來相會，還留著過夜。天知道那姓荀的是幹什麼的，反正她是沒工作的。早上十一點十二點也不起床，晚上從未在二點前上過床。當然我不是在背後說人壞話，天知道那女人看起來有多正經，十分靜嫻。但——」

「我哪裡可找到她？」

「你看，」她繼續說：「我絕不是一個亂嚼舌根的人。我知道我是玩不起吃角子老虎的。他們說每隻老虎都設定好等於是騙你的錢。已經連著三天了。每次走過都看見那女人在仙掌斑俱樂部猛拉吃角子老虎。

「她沒有工作，我也懷疑她曾有過工作。但女孩子過這種生活！而且是這樣外表正經的女孩子。現在你來對我說所得稅，哈哈哈，她要付多少所得稅？」

我聽到她後面有腳步聲。一個男人肩部圓圓的，襯衫自胸前張開，一面走一面把眼鏡推向頭上，像貓頭鷹似的看著我。「他要什麼？」他問那女人。

他手中拿著報紙，報紙翻在體育版，他有撮黑色的小鬍子，腳上套的是舒服的拖鞋。

「他要知道什麼地方可以找到姓荀的女孩。」

「你告訴他就結了。」

「我是在告訴他呀。」

他把她推向一側：「試試仙掌斑俱樂部。」

「在哪裡？」

「在大街，是賭場。吃角子老虎特別多。你一定找得到。進來，老太婆，管你自己的事，讓別人管別人的。」

他把女人拉進去，把門關起。

找到仙掌斑不困難。俱樂部分成酒吧和賭場兩大部份，都用大的門開向大街上。中間用玻璃隔開。賭場側正前有個幸運輪，較後為輪盤賭，骰子桌，及用撲克牌玩的各種賭檯，如二十一點，百家樂等。後面是賓果及凱諾。右側是整行整行的吃角子老虎，一個個背靠背，面對面列著，好幾百台。

顧客尚不多，一個兩個分散著。這時是遊客最少的時候，但混合的種類仍只有內華達州的城市才有。

在這裡有觀光客、職業賭徒、公路流浪漢、招待顧客的人、高級妓女等等。酒吧裡有兩位是探礦人，幸運輪前有三個人可能是水壩的工程師，數位賽車選手在門口逛。

有些旅客來自西岸，多少對內華達情況瞭解。有些是首次光臨，對這裡全面公開的賭及對外地人的歡迎，十分好奇。

我把一元換成五分的硬幣。走向一台吃角子老虎開始餵老虎。第一個轉盤停下的時候總是一隻檸檬瞪在我眼前。

同一行的中途，一個婦女在玩每次要投兩毛五的機器，她大概三十歲，皮膚如沙漠落日，她不像荀海倫。我已只剩最後一個硬幣了，我得到兩個櫻桃。機器付了我兩個硬幣，這時來了個女郎。

我對機器用較高的聲音說話，目的要女郎能聽得到：「吃！吃！你有本領儘管吃，看你吃我多少。」

她轉頭，看我一下，一聲也不哼經過我身邊，丟了一個一角的硬幣到一個十分的機器裡。她得到了三個橙子，一角的硬幣小瀑布似地落入付款杯中，響起一陣叮噹聲。

我本認為她是荀海倫，但是她愣在機器前，一副「這下怎麼辦？」的味道。我立即知道她是新手，她另玩一角錢。

一個很有氣派的傢伙，有肌肉的頸子上配了一個快速盼顧，泰然自若的頭，走進來停在一個兩毛五分機器之前。我看著他的手投幣，拉桿，輕鬆熟練，毫不拖泥帶水。

十分機器前的小姐大叫說：「喔，我拉斷了什麼了！」

她用眼光向我求救。但那傢伙比較近，他比我快速：「怎麼啦？」

她說：「我丟了一毛錢進機器。我一定拉斷了什麼東西，硬幣都出來了，你看地上都是。」

他輕鬆地笑著移近她。我特別注意到他寬厚但靈活的雙肩，直而有力的背，蜂腰，窄股。

「你沒有拉斷什麼——至少還沒有。你運氣好，得了一個頭彩——傑克寶。」

他看看我眨眨眼。「希望她能教我怎麼玩。」我說。

她不確定地笑著。

那年輕傢伙爬到地上撿起十來個一角硬幣，說：「再看看有沒有遺漏的。」

我看地上一角有個反光，我把那一毛撿起來交給她說：「不要忘了這一個，可能是個幸運錢。」

她謝謝我，向我飛一個笑容說：「我來看這是不是幸運錢。」

我感覺到有人在注視我，所以轉身。一位穿了綠圍裙專司穿插在人群中兌換硬幣的侍者，用充滿疑問的眼色在觀察我們這一群人。

女郎把那一毛錢投入機器，拉老虎的臂。早先見到較俗麗的女士步行經過我們，她眼光接觸綠裙侍者時故意咳嗽一下。這是很明顯的暗號。

侍者走向我們。當時機器轉盤——克力——克力——克力，接下來鈴聲大響，大量的硬幣落入付款杯、她的雙手及地毯上。

侍者在我們後面一架機器上忙著。

年輕人說：「就是這樣。」他輕鬆地笑著：「再來！妹子。你今天手氣太好，賭神收徒弟。也許是老闆今天運氣不好，我也來試試運氣。」

他丟了個二毛五進機器，拉桿，問我道：「你運氣好嗎？」我說：「我的老虎吃飽快該吐點出來了，再不吐肚子要炸了。」一面放入五分，拉動拉桿。

三個轉盤快速轉動著，克力第一個盤停下，半秒鐘後第二個也停下，我見到黑黑二條「吧」。

第三個盤跳動一下停下，機器內部響了一下，閘門大開，五分的硬幣隨鈴聲落入杯中，落入我手，落到地上。

我抓了二把，錢還在出來，我快速把它放入上衣側袋，把付錢口的硬幣也抓出來放口袋中，貪心地用手探探內部，開始要撿掉在地毯上的。

侍者說：「也許我可以幫你忙。」

他側向我，突然出手，他的手指緊抓我的手腕。

「幹什麼？怎麼回事？」我一面問，一面掙扎。

他說：「算啦，別來這套，經理要見你。」

「你說什麼呀？」

「你要乖乖地去？還是敬酒不吃吃罰酒？」

我努力希望掙脫，但未能得逞。我說：「我撿了錢再說，這些都是我的。」

「別動。」他說。

他用手沿我衣袖而上，摸索著我的前臂。

我掙脫一條手臂。一拳打過去，他架過我的出手，向前一步抓住我外套後的翻領，向下一拉使我外套在兩臂之間縛住了我自己的兩臂，無法動彈。兩邊側袋裡過重的硬幣晃蕩著，我一動就會叮叮噹噹。

在我後面，我聽到一個機器在付錢的聲音。過不了多久，另一聲克力，那只二毛五的吃角子老虎也開始吐錢了。

侍者扭住我外套，用他體重推著我走向那吐錢機器。

「朋友，」他說：「讓我看看你外套袖子。」

「我的？」年輕傢伙說。

「你的。」

我說：「這人在搞什麼？是不是瘋了？」

玩二毛五的年輕傢伙移動著，每次移動一二寸，重心很穩。

女郎說：「我不玩了。」走向出口。

侍者說：「等一下！妹子。」一把抓過去。

她躲開了，人群開始圍過來。

侍者說：「你們三個壞蛋都不要走，法律在等著你們。」

「跟我沒關係。」我說。

他移動右肩，我看到模糊一動，什麼東西打到我下頷的一側。一下子把我打飛到地上。

我眼光無法集中，我兩手同時揮動盲目攻擊，左手不知哪一拳敲到侍者的臉上，接下右手湊巧揍在他太陽穴。一隻騾子一腳踢中我！我背退到一部機器，十層大廈倒下來全壓在我身上。

我努力睜開復視的雙眼，看看到底發生了什麼事。我見侍者擊出一個右直快拳，擊向年輕寬肩傢伙，那傢伙把肩一側，快拳自他肩部滑過。他背部一直，回擊一拳，接下來聽到的是屠夫把半隻豬摔上大砧板的聲音。侍者頭部應拳而起，腳部離地，有似火箭發動，但立即平躺地上，整排吃角子老虎都在搖動。

警笛聲在響。有一個大個子抓住我手臂，他重重地把我拉離地面，我仍在掙扎。漸漸耳朵的機能恢復一點，一個男人的聲音在說：「——其中的一人，我們已注意他們兩個禮拜，他們把這裡快搶空了，老辦法。」

「跟我走。」警官在發言。一隻大手抓住我衣領推著。

我要開口解釋，但就是激動得說不出話來。那女郎和打昏侍者的傢伙已經溜走。

那侍者躺地上，頭半靠著一部機器的底座，眼皮向上翻，眼中眼白多過眼珠。場面很亂，看熱鬧的眾多。

抓住我上衣的手太緊了，我深呼吸一下，神志較清，我開口說話，聲音好像不是我自己的，聽起來也遠遠的。

「我是洛杉磯人。我來拉斯維加斯只兩個小時。我從鹽湖城的飛機來的。以前沒來過這裡。我花一塊錢玩五分的機器，最後一個硬幣得了個傑克寶。」

場面靜下一點，我也更清醒一點。抓住我的人向一個才出現的人看了一眼，那人是這地方的經理。經理說：「光講有什麼用。每個壞蛋都準備一套說詞，」他雖如此說，但聽得出他也有一點不能絕對確定。

穿綠圍裙躺地下的侍者哼著翻了半個身。用肘部把自己撐起，看著眼前我們這一群。

經理彎腰面對他說：「路易，我們千萬不可弄錯了，你懂嗎？你還好嗎？」

侍者嘀咕一些聽不懂的話。

「路易，仔細看，我們不能開玩笑，這人是不是他們一夥的，是不是其中一個？」經理指著我說。

侍者無力地說：「是他，他是主腦。他們玩的是『頂杯和鋼絲』，我以前也見過他們，其他人先來摸底做手腳。」

「走，」警官說：「我們有你瞧的！」

我已完全清醒了。我說：「你們要倒楣，要破財的。」

「可以呀，讓該破財的破財。我帶你乘車遊車河，你說你下午的飛機才來這裡。我帶你見識見識。」

警官又抓住我衣領，把我推向大門。

經理說：「等等，皮爾。」又向我問：「你叫什麼名字？」

「我是賴唐諾。在洛杉磯有正當職業。」

「什麼職業？」

「我不能告訴你。」

他笑了。

我對警官說：「我右後褲袋中有隻皮夾，其中有張卡，請你看一下，但不要說出來。」

警官從皮夾中取出我私家偵探服務證明卡，他清醒了一下，把卡片給經理看，經理的臉變了色。

「你說你下午班機自鹽湖城來？」

「是的。」

他說：「帶他這邊來，皮爾。」

人潮讓開，經理來到最近的電話旁取起電話。找到他要的對方：「有沒有一位賴唐諾，今天下午鹽湖城班機來此？——有呀？——二十多歲，普通面貌，鬈髮，一百二十多磅，大約五呎五，真有？——謝謝。」

掛上電話，他對警官說：「皮爾，帶他上樓好一點。」

他打開一扇門，我們進入一間空調極好的辦公室。一排大窗看得到遊客在漸增中主街的全景。我們三人都坐下，經理拿起電話說：「把路易馬上找上來。」

他掛上電話，幾乎立即可以聽到樓梯響，門打開，那侍者——看起來仍有點虛弱——進入辦公室。

「過來，」經理吩咐：「仔細看看這小子。」

那侍者仔細看著我：「他是最後來搬空我們的新人。他一定是這一幫的頭，剛才他在頂機器的杯。」

「怎麼知道他在頂杯？」

「我看他站立的樣子，看他靠著機器的樣子就知道。」

「你沒有見到那隻頂杯？」

「嗯——沒有，他三人是一夥的。他和女孩在交談。」

「另外兩個呢？」

侍者眨著眼想轉動頭部，但立即停住，轉動頭部一定使他非常疼痛。

「逃走了。」

那經理不耐地說：「搞什麼鬼？我雇你因為你說可以遏制這種鬼名堂。你說你懂得每一種手腳，認識每一個人。」

侍者頭腦清醒了一下說：「那跑掉的傢伙是得過冠軍的職業拳師，我一開始沒認出來，直到他打出那一拳。那是他獨特的出手方式，我太熟悉了，他是薛堅尼！他有段時間曾很有希望，而後有人設計陷害他。他拳擊打得實在非常好，非常好。」他望了一下經理，望了一下警官，又望向我說：「這個傢伙是他們的頭，我以前沒見過他。」

「這時候講已太遲了。」經理說：「你為什麼不抓住他們的頂杯，使他們無話可講？」

侍者沒說話。

我說：「原來你就是要找什麼頂杯，所以就抓住我手腕，摸我上臂，拉下我上衣。」

經理的臉越漲越黑，侍者沒出聲。

過了一下，經理厭惡地說：「路易，你滾出去！」

路易一聲不吭走了出去。

經理轉向我說：「真是太不幸了。」

「對你真是太不幸了。」

「對我們兩人中間有一個人。」他承認說：「我已經陷進去脫不了身。但我也不能罷休，先告訴我你的故事。」

「我有什麼故事？」

「你是什麼人？來這裡幹什麼？我怎麼能知道你不是他們一夥的。」

「什麼一夥的？」

「下午所有的表演。你要對付我，早晚在法庭上你還是要說出你的故事，倒不如現在我們先來聽聽。」

我說：「我是個私家偵探。我因業務來這裡。我受雇於柯氏私家偵探社。柯白莎和我們雇主現在住在薩兒薩加夫旅社。你可以用電話聯絡。柯白莎最近住療養院療養，今天才出院。洛杉磯辦公室一直由我在主持。我來此找一個人。我找的那個人不在家。我玩吃角子老虎消磨時間。」他們想插話，我沒讓他們有機會，繼續說：「我玩了一塊錢什麼也沒得到。最後的五分得了兩個櫻桃。我用這兩個硬幣得了一個傑克寶。我一生從未見過那兩個人中任何一個。什麼壞人，幫派，我都不知道。我現在告訴你們這些，為的是不要你在陪審團前面說我不肯合作。現在這盤棋輪到你走。請。」

經理注視我相當久一段時間，拿起電話說：「我就來將你的軍。」

「不要客氣，請便。」

他接通薩兒薩加夫旅社。「你們有位柯白莎住客？」他問：「是的，從洛杉磯來，請讓我和她說話。」

他把電話突然交給警官說：「皮爾，你來比較官式化。」

「嗯哼。」警官點點頭。

他厚大的手包住了電話把手。湊到右耳上。看到他臉色，知道白莎已在答話。

「這是拉斯維加斯警察局施警官施偉廉，你有沒有一個部下名字叫唐諾？——喔，這樣——他姓什麼？——外表形容一下給我聽。」

他一面聽一面看我對照，偶而有噴飯的樣子，一定是白莎這缺德嘴，口沒遮攔地在發表對我獨特的看法。

「你在洛杉磯開一家偵探社？謝謝你，非常感激，柯太太——沒有，他沒做什麼特別的事，我只是查對一下，真沒事——好，請稍候不要掛斷。」

他把左手握住發話的一端，對經理說：「都沒錯，她要和他講話。」

經理做了個手勢：「給他講。」

警官把電話聽筒交給我。塑膠上熱烘烘，濕涔涔的。

我說：「哈囉。」

白莎說：「這下你又做了什麼了？」

「沒什麼。」

「亂講。」

我說：「要找的人有了條線索。」

「對過話了？」

「沒有。」

「這不能拿獎金呀。」

「我知道，但她不在家。」

「那你在幹什麼？」

我說：「我先去看別人。我再去看那人。她不在家，我隨便找個俱樂部，玩吃角子老虎殺時間。」

「玩什麼？」白莎的叫聲自線中傳來。

「玩吃角子老虎呀。」

「為什麼玩那玩意兒？」

「因為我要找的人據說是這地方常客。」

「賴唐諾，你給我聽仔細，」白莎喊道：「找個失蹤的人，未必要玩吃角子老虎。你的毛病——」她突然停止，換了個語氣問：「你輸了多少？」

「十九個五分硬幣，連影子也沒見到——」

她打斷我說：「你活該。千萬別以為可以報公帳，你賭自己的錢，我不管。你真——」

「而後，」我說：「最後一個硬幣贏回來了兩個。」

「你還不是又送回去餵了老虎。」白莎諷刺地說。

「最後一個，」我說：「贏了個傑克寶。」

那邊沒有聲音。而後白莎溫和的聲音說：「贏了多少，親愛的？」

「我還沒算，因為警方突然光臨，他們說我做假。」

「聽我講，唐諾，你常說你是有頭腦的。假如你自己沒有辦法免於坐牢，我就開除你。我想你明白，我們現在接手的案子要快快解決，才能拿獎金。」

「當然。」我說，一面把電話掛上。

經理看著施偉廉警官：「皮爾，她說的外型符合嗎？」

「沒錯，她說他是小不點的龜兒，裡面裝的是炸藥。有的是冠軍的膽子，但一拳打不死蒼蠅——還老惹麻煩。」

經理長長嘆口氣，無可奈何地說：「好，你說吧，多少錢？」

「為什麼？」我反問。

「為這一切，全部解決。」

「我定不出價格來。」

「你瘋了，你說不定每天只賺十元錢。五十元錢怎麼樣？你——」

「你聽到白莎告訴警官我是怎樣個人了。」

「一百元，一拍兩散。」

我站起，把衣服拉拉直，衣服兩側口袋中的硬幣使衣服下垂。「你叫什麼名字？」我問。

「畢哈維。賴，我希望你瞭解，我們沒私人恩怨。當人在吃我們這一行飯——我們要對付各種——」

我伸出右手制住他說：「好，畢先生，沒有私人恩怨。其實也只是業務的一種形式。我會請我的律師和你的律師聯絡。」

「賴先生，我們來通融一下。有一批騙子，跑遍全國專門在吃角子老虎身上打主意。吃我們這行飯的每人每年損失數千元之多。據說將來吃角子老虎也會電腦化，就算會有這種事，但是目前成本太貴，至少十年內不可能淘汰現有這種機器。換言之我們還要繼續受這些壞蛋的氣。我們想過各種方法，但不易捉到他們。路易，你見過的那位侍者，一週之前來希望給他一個工作。他說他認識每一個做這種生意的壞蛋。他是以前海軍拳擊冠軍。事實上他四肢發達頭腦簡單。現在他弄錯了。我們要妥妥協，講講理——」

「我最講理了。」我說：「是你們不講理。我在大庭廣眾之前受侮辱，我信譽已受損，更壞的是你們迫使我向雇主解釋這裡的情況，她可能——」

「喔，別說了。拿五百元現鈔，簽個字走路，我們兩不來往。」

我說：「不要衝動，沒有私人恩怨，當它是生意處理。」我走向門口，他故意不理我。

在門口我轉回頭：「畢哈維，我不是要敲你竹槓，假如我沒有這樣一件重要案子要辦，我也無所謂，但是在那麼許多人面前，你問我姓名。」

「那有什麼關係，對你又沒損失。」

「那個玩一角硬幣的女郎是我跟蹤的目標。我現在還找得到她嗎？」

這句話見效了，他說：「喔！你回來，坐下來談。」用的是對我更嫌惡的語調。

我走回去坐下，施警官瞪視著我，我說：「我也不會讓警方置之事外。」

施警官問：「你指的是什麼？」

「指的是你。」

「我怎麼樣？別想我給你一毛錢。」

「你反正脫不了身。」

「我只是依指示行事。」施警官說。

「什麼人的指示？」

「他的。」他把頭彎一彎指向畢哈維。

畢哈維說：「賴，多少錢？」

「一萬元或是免費。……我建議免費解決。」

他們看著我。

我說：「我可能還要在這裡一陣子，我也許需要協助。你們使我一開始即不太順利，你們記帳上，以後可以補償我，這就是我要求於你們的。」

畢哈維拿出撲克面孔：「你在開我們玩笑？」

「沒有，真心真意，公平解決。」

畢哈維把椅子推後，自桌子後伸出手來說：「太公平了，賴，握手。」

我握手。當畢哈維手縮回去，施偉廉的大毛手到了我的前面，我們也握手。他的手又熱又濕，但特別有力。

「到底我們有什麼可以協助你的？」畢先生問。

我說：「首先，我想和路易談談。我要知道他對那玩吃角子老虎的女郎知道多少？」

畢哈維說：「照我看來路易是繡花枕頭。他從舊金山來這裡，告訴我他認識每一個『吃老虎』的壞人。明顯的，他在海軍是好人也得過獎。問題就在這裡，他們訓練好了他的身體，弄壞了他的腦袋。他是個裝滿了酒的練拳沙包袋。」

我摸摸尚在作痛的臉：「他出手還是夠重的。」

他們笑了。

經理拿起內線電話說：「把路易找上來。」

施警官說：「我們見過不少像你這種人。因為他們不合作我們也不在他們身上浪費時間。你不同，不論你要什麼東西，你說，我們就會儘量幫你忙。」

路易進來。

畢經理說：「路易，現在開始他是我們一家人。他要什麼給什麼。他隨時來一切都免費。對你來說，他就是這裡老闆。」

我看到路易眼中充滿了驚奇。

我站起來說：「謝謝，我先要和路易談談。」

路易眼光經過我看向經理說：「你說要什麼給什麼？」

「店裡有的都是他的。」畢經理說。

路易把眼光又轉向我。

「走，」我說：「我要看吃角子老虎機器裡面是怎麼構造的。我也要看別人怎樣動手腳。」

談到這裡路易又活了。他說：「我可以全教會你。整個西部沒有一個人比我知道得更清楚了。我認識每一個壞蛋，他們也別想在我前面玩什麼花樣。再說我的拳擊還是一流的，我只要出拳就可以了，不必蹦蹦跳跳。當我看到他們用頂杯來吃我們的時候，我給他們來個基本教練，一、二，在他們能把證據藏起來之前，我——」

經理乾咳一聲，有意義的，諷刺性的乾咳。

路易立即停止講話。

「講下去，」我說。一面把他推出門去。我自肩後回望，畢經理向我慢慢地閉了一下右眼，用他的右手食指指向太陽穴自前向後轉著小圓圈。

「找一個機器讓我玩玩。」我對路易說：「我要把它拆散，現在是五點十五分，我有半小時空閒。」

「有，在地下室。」路易說。

「那就去地下室。」

我們下樓，經過賭場大廳後面的門來到地下室。路易開了燈。「先教你什麼？」他問。

「壞蛋怎麼動手腳？」

他說：「有很多種方法。他們在這裡鑽個孔，插一根鋼琴上用的鋼絲過去，每次拉下拉桿後，機器就不會自動鎖住，於是他們猛拉拉桿，直到機器中所有硬幣流乾為止。

「他們也可以另外——在這個地方，鑽個小孔，伸根鋼絲進去，撥動付傑克寶的掣子。另外還有個方法，就是用一個漏斗狀的鋼製頂杯。他們玩，玩到機器不論付什麼獎，只要付錢口一開，他們把頂杯頂上去，付錢孔就關不起來，整條錢管中的硬幣都流光為止。」

「錢管是什麼東西？」

「嗨，你對吃角子老虎一竅不通嘛。」

「完全外行。」

他看著我，不太好意思地說：「我對你估計錯誤了，剛才那一拳不要難過。」

「臉有點難看，心裡倒沒有難過。」

「夥計，真有你的，我來給你看看機器怎麼工作的。」

路易指向一排工作桌，桌面上放著一台吃角子老虎。只數分鐘他就把背部取下，把機器取出來。

「你隨便參觀。」他說。

「它們怎麼吃配的？」

「簡單，你丟錢進去，這裡一個掣子就解開，你就可拉這個桿，給這些轉盤動力。看，這裡控制時間，轉到第一個掣子，第一個轉盤就停住。爾後第二，第三個轉盤停下。每個吃角子老虎有五個掣子，前面三個控制三隻轉盤，第四個掣子鎖住拉桿，第五個管付錢。」

我看著三個轉盤，每個盤上有各種圖形印著。又看看一條直的銅管。問：「這根管子什麼用？」

「這根管子總是裝滿了硬幣。溢出來的屬於頭彩傑克寶，都掉到這個方盒子中。一個機器最多存三個傑克寶的錢，第一個出來後，硬幣自動會就位的。」

「一旦轉盤開始轉動。是由背後的掣子來決定什麼時候停止。」

何事。」

「沒錯，這就是時效，世界上什麼都講究時效：高爾夫、棒球、網球、拳賽——任

我研究機器裡面的機械。

路易說：「時效！就是我贏得海軍拳擊冠軍的訣竅。」

他跳到水泥地的正中，低下頭，撐高左肩，開始向假想敵人衝刺，閃避，迂迴，用腳跟轉動，跳動。皮鞋後跟在水泥地上曳足，引起的聲音很特別，我沒阻止他因為我在研究機器。

「賴，看這裡。」路易說。

我向他看。

「他用重的左直拳第二次打過來，這樣，看到嗎？」路易擊出他的左拳。「你懂嗎？」他焦急地問。停下腳步回頭看我，左手仍保持出擊姿態。

「我懂了，我還要問你機器——」

「好，我就等著他的第三次。我向上一架。怎麼樣呢？他出我意外，右拳連接著過來，我就低頭閃過，而他——」

「省省吧！別再玩了。」

但路易又開始跳動，在地下室滿場飛著、他晃著肩。低著頭，左直右鉤地弄得地上的灰土上揚，我無法制住他。他又回到了拳擊場，我無法拉他離場，只有等他自動停

止。他自動停止正好在我前面。

「到前面來，我示範給你看，我不會傷到你的，你用右手打我下頷，打呀！不要怕，用力真打。試一試。」

「我怕真打到了你。」我說。

「不在乎，」他說：「別怕。」

「剛才你被打昏過去，好像對你沒什麼影響。」

飛揚的神采一下自他眼中消失，像汽球漏了氣。

「哼！」他說：「那是薛堅尼，我見過他出戰一次。他是好手，非常好。但也不是最好。要是我早一點認出他，我還可能贏他。有時你就忽略了。對付他一疏忽就不行了。他也不過擊中我一下子。我讓你看，夥計，你根本不會打架，你以為打人是用手的，那不夠，你要從你整個體重跟進才能打人打得重。來，我試給你看。」

「我還要先看吃角子老虎。」

「好，好，夥計，我不是干擾你，我只是要教你打架。」

「謝謝。」我說。

「你對機器還想知道什麼？」

「贏錢的機會有多少？」

「還是不少的。當然，假使你用一百元捧著機器猛玩，你休息的時候就只剩四十元。那六十元是老闆的盈利。在玩的過程中，可能五元錢下去，連五角也沒有出來。但也可能只花了五角而得回四元，就這麼回事。賭吃角子老虎與賭股票不同，要靠運氣。他們來玩就是試運氣。在飯店裡有的時候找回一點硬幣，他們也試試運氣。有時玩起興來把口袋中的硬幣也拿出來玩。贏一點，最後還是送了回去。有人換了硬幣再玩。就是不服氣。心裡想著下一次可能就是傑克寶。這是為什麼賭場，飯店有那麼多老虎。但飯店的都動過手腳增加滾錘。他們目的是不讓你贏。這裡不同，每家賭場認為鈴聲和硬幣落下的聲音是最好的宣傳。不過我們絕不是捨錢的慈善事業。開銷那麼大，全在賭客身上出產。」

「動手腳增加滾錘是什麼意思？」

他指給我看一塊重重的金屬夾在轉盤的邊上，用螺絲固定，他說明：「看到第一個轉盤上面那一塊東西嗎？這就叫滾錘。」

我點點頭。

「這就是滾錘。這個滾錘是夾在第一個轉盤的橙子圖案上。你看第一個轉盤上共有四個橙子，第二個轉盤上也是四個，但第三個轉盤上有六個。這完全是心理欺騙的一種設計。使玩的人舒服一點，你看，轉盤停住是分先後的。一——二——三。假如他第一轉盤得了個橙子，第二轉盤也得個橙子，他有時間在第三轉盤停住前想一想，假如第三個轉盤也出來一個橙子，他以為是精誠所致，是他集中精力的原因，這就是為什麼第三轉盤橙子故意多設計兩個的原因。二十個圖案中有六個懂嗎？每個轉盤有二十個圖案，二十個中有六個，所以只要前二個轉盤已經是橙子，第三個轉盤得橙子的機會幾乎是三分之一，贏錢的訣竅在得到前兩個橙子。

「滾錘就在這時有用。你時常在玩的時候發現，一個圖案出現在窗口，好像要停下，猶豫了一下，轉過窗口，而下一個圖案重重地停下。當這種現象發生時，你就是被滾錘滾掉了。拿這個機器來說，在第一個轉盤上有三個橙子，這等於說你第一窗口得橙子的機會是七分之一。你看。我們在這個橙子邊上放一個滾錘。等於只剩下兩個橙子。二十分之二，第一窗口出現橙子的機會只有十分之一了。你也許想七分之一與十分之一沒太大差別。但是不斷經常的玩，差別當然可觀。」

「壞人怎麼動手腳？」

「他們帶一個小鑽，就在這裡鑽一個小孔，你看每個機器外表有很多包頭針。他們把鑽好的洞用一個假的包頭釘塞住。所以沒有人會看到機器被鑽過洞。店裡的人也不會整天去數包頭針的數目，多一個——」

「而後呢？」我問。

「做好手腳後他們會回來。通常三個四個人一起來。而且多半帶個漂亮妞在裡面。他們假裝灌飽了酒，很愉快的樣子，十分激動，圍住了機器，一個人拿掉包頭針，用一條硬鋼絲插進小孔，鋼絲頭上有鉤，小孔鑽得地方正確。很容易就可以把掣子鉤開，不放硬幣就可以一次一次的玩了。無本生意，只贏不輸。除非機器裡有一把刮刀或有刮刀但故意不用。」

「刮刀是什麼東西？」

「刮刀是防止假硬幣用的。你看，每個硬幣正反兩面不是一樣厚薄的。有的機器為防止假幣投入，硬幣不對的一面投進機器，先有把刮刀把它翻過來，才能使掣子推開。但這種裝置易生故障，所以有的店裡故意把刮刀停用，免得常有故障機器。」

「頂杯是什麼東西？」

「頂杯是另外一套。」他說：「這與付錢裝置有關。一個金屬製長嘴漏斗自付錢口倒推上去。當這些銅製的小鉤子放鬆開時要付一定數目的硬幣時，頂杯頂上去，頂住了小鉤子，硬幣就一直掉下來，直到這根管子裡的硬幣漏空為止。」

「你們的機器也裝滾錘？」我問。

「當然，那是一定的，尤其是在門口那一帶。你懂不懂，要出門的顧客都是玩夠了，暫時不想再玩了，出去前把口袋裡四五個硬幣試試運氣。他們不太計較有沒有出來，也不計算或然率。剛進門的顧客，玩了幾下發現出錢的或然率不多，轉到裡面來碰到一部正常的機器，他就以為找到了做廣告的機器了，就捨不得離開。反正門口的機器都是如此。即使會出錢，這些人反正也要走了，等於白送他們。沒見過要走的客人回頭來再換散整鈔重新玩的。所以前門口的最多出點小獎，所有大獎都經滾錘滾掉了。我們不會讓最多玩兩毛錢的人，得到五元大獎的，懂了嗎？」

我點點頭。

「後面的機器滾錘較少。到後面來的都是行家常客。他們愛好餵老虎，一如有人愛跳舞或喝酒。他們知道較後的機器會出錢，事實上也真如此。所以他們常來，我們也有固定的收入。

「你看，客人進來的時候口袋中有各種硬幣，他們決心到最後的機器去換了錢慢慢玩。所以我們安排在一路上。兩個一毛機器，四、五個五分機器，又二、三個一毛機器，間或有一、二個兩毛五機器，這些都不太出錢的。即使是老內行，等他們走到要玩的機器前，口袋中的硬幣也都送給老闆了。前面的機器既然我們占那麼大便宜，後面的機器稍稍多吐點也是應該的。也許他中了個傑克寶，他會口袋中裝滿了硬幣走出門。但不必擔心，他第二天、第三天，還是會來。他是有癮的，今天你在近門的機器上弄到了一個傑克寶。你知道有多困難？這是為什麼我以為你是他們一夥的。通常在第一盤上有兩個寶，第二盤，第三盤都只一個寶，但是你玩的那一台我們滾掉了第一盤一個寶。八千分之一的機會給你二十下之內拉了出來，你──」

「那個女的怎麼樣？」我問。

「那個馬子，是個騙子。」

「你怎麼知道？路易。」

「我怎麼會知道？我一來就把她盯牢了。」

「多久啦？」

「十天，也許二週。她是個老虎迷。她起先老實地玩。也因為如此我沒特別注意。她也真漂亮。後來她以為我是傻瓜，我估計她沒輸沒贏，她離開後我過去看看機器，什麼事也沒有，她的確騙過了我。等我認為她沒問題時，她鑽了兩台機器。前兩天她天天來這裡擠這兩台。今天她和她的男朋友是來作最後大收帳的。要不是你在我們動過手腳的機器上得了一個不太可能的傑克寶，我本來是可以捉到他們的。」

「你哪裡人？」

「新奧爾良人，但我從舊金山來。我看看這裡的機器，幾乎有一半是被人鑽過孔的。我去見畢哈維告訴他他是個洋盤，大家都在搶他的錢，指給他看證據。他給我這個職位管這件事。我告訴他我認識每一個吃這行飯的。事實上我真的如此。沒有想到薛堅尼會變得這麼下流。那個女搭檔也是新手。其他人我真的都認識，這些人在加州更猖獗。」

「為什麼？」

「賭博在這裡是合法的，其他各州都是不合法的。」

「這有什麼關係呢？」

「用點腦子，夥計，用點腦子。機器既是非法的，你抓到一個吃機器的人，你只能咒他，罵他，把他趕出去。你不能把他送官。你不能承認自己有賭具。他也沒偷你錢。法律說你不能設置吃角子老虎。他們硬吃你，你懂了嗎？」

「我懂了。」

「你還想知道什麼嗎？」

「你知道那女郎姓名嗎？」

「不知道。」

「你看她是不是急於求得點利益？」

「你問是不是和堅尼合作騙錢？」

「是的。」

他仔細想著，不時摸摸腦後的髮根，才說：「你真問倒我了。你要知道，拉斯維加斯和其他地方不同。女士來這裡等離婚，她們要住滿一定時間才能達到目的。這段時間說來不長，但真住在這裡實在很長又非常寂寞。她的思想行為和常態多少有點不同，有男人或外界引誘時，有的人為消遣時間，有的為追求刺激，再說遠離家鄉，這裡沒熟人，她們有個錯覺做些稍稍出軌的事不傷大雅。你懂我的意思嗎？」

「我懂。」

「所以當你問我她是否急於求利，我真不易確定，除非她真太明顯。而事實上到這裡來的女性或多或少都有點急於求利的。」

「你記不記得以前有人伴她一起來過嗎？」

「不，我不記得。但等一下，我記起來了。有一個女郎昨天和她一起在這裡，一個令人注目的漂亮女郎。」

「形容一下。」

「她有紅頭髮，我不記得她的眼睛顏色，但她膚白唇紅，行動也雅緻。」

「肥不肥？」

「不肥，還有點瘦，但不是竹竿樣。很多女人節食節到關節僵直，有竹竿的樣子。」

「有沒有其他特徵？」

「沒有。」

「幾歲？」

「二十幾。」

「來過這裡幾次？」

「兩個一起來過兩次。嗨，我想起來了，那個女孩有兔子樣的鼻子。」

「你什麼意思？」

「你見過兔子動牠的鼻子吧。她有很薄的鼻翼，當她激動的時候，兩側鼻翼會抽動。我記起來了。我確曾注意到這一點，她很漂亮。」

我握他的手說：「路易，謝謝你。」

「沒關係。我給你的那一拳，請別難過。」

我搖搖頭。

「老實說，」他說：「你真不經打。不是我說你，你一點頸力都沒有，挨打的時候頸部肌肉最重要。你懂嗎？」

「不懂，」我說：「我現在也沒有時間來研究這些，但有一天我會回來向你請教的。」

他的眼睛亮了起來：「你不騙人吧？夥計，那該有多好，我自己也應該再訓練一下，我急著想示範給你看，我們自最基本的一——二，開始。」他的毛病又來了，上身做著打拳的樣子，雙足在水泥地上跳動起來。

「不騙你，」我快快地說：「我會回來的。」走向門口，我的錶上時間是六點差五分。

第四章　好奇心

我第二次步上荀海倫公寓前面的階梯，臉已開始很痛，用手可以摸到下頷右側和左顴骨處的隆起，也許看起來不致太糟但的確很痛，我按鈴等候。

沒人應門，我又按鈴。

突然鄰屋的門打開，曾和我交談的女人說：「喔！是你，我想她現在在家。我以為你在按我們家的鈴。怎麼啦，她沒有開門呀？」

我說：「等一下沒關係，也許她沒聽到鈴聲。」

「嘿，連在我家都聽得清清楚楚，我還以為你在按我家的鈴，也許——」

男人的聲音不耐煩地自屋裡說：「老婆，不要老站在門口管別人家的閒事。」

「我沒有在管別人家的閒事。」

「管得不夠多。」

「我以為是我們家的門鈴。」

「進來！」

門被關上。

我再次按荀海倫的門鈴。

門小心地打開一寸，一條門鏈使門不能開得更大。一對冷冷藍灰色的美眼看著我，隨即聽到一聲輕輕的驚叫。她是那個玩角子老虎的女郎沒錯，她說：「你怎麼找到我？」

「我能進來嗎？」

「不行，當然不行，你要做什麼？」

「不是為了仙掌斑的事，不過很重要。」

她猶豫了一下，在把情況做一個分析，打開門鏈。

我走進去，感覺得到她在仔細看我。

「請不要擔心我的臉。」我說：「過不多久就會復元的。」

「被打得很重嗎？」

「還過得去。」

她笑著說：「請坐，請坐。」

我跟她走過客廳，她指一個椅子叫我坐，我坐下。

「你不是坐這裡嗎？」我問。

「沒有，我本來坐在那裡。」

我坐的那個椅子還溫著的。

「我可以抽菸嗎？」

「沒關係，你敲門時我也正在抽菸。」

她從她椅子菸灰缸中拿起半支菸。

我說：「還是我先來攤牌。」

她說：「我喜歡直爽的人。」

「我是個私家偵探。」

她臉色變冷轉白，警覺但無表情地看我。

「有什麼不舒服嗎？」我問。

「沒——沒什麼。」

「你不喜歡私家偵探？」

「要看他們想要什麼。」

「我想要一位朋友的消息。」

「我——我不見得能幫你什麼忙。」

我聽到鉸鏈的吱咯一聲，她急急向我後面飄了一眼，又看著我，不說話像等待什麼似的。我頭也不回說：

「薛堅尼，你還是過來跟我們聊聊吧！」

快步在我後面移動，我知道有人已站在我後面：「把你所有的牌都攤在桌子上，老兄。」那男人說。

「跟你有關的牌，都已經攤出來了。」

我說著，轉頭看他。就是那位穿格子上衣玩兩毛五分吃角子老虎的傢伙。我現在注意到他的耳朵有一點菜花狀，他心情不穩，是有危險性的。

「請坐，」我說：「一起聊聊，我什麼也沒有保留。」

「你在最不該的時候蹚進了這場渾水。你在仙掌斑本來是手氣很好的，但——」

我說：「不要那麼大聲，隔鄰那位太太好奇心大得很。」

「你說的沒錯。」荀海倫說。

方格子上衣男人坐下說。「我們要五分鐘不說話，這五分鐘你要講很多很多話。」

「那至少有四分鐘大家不說話。」我說：「我叫賴唐諾。我是為柯氏私家偵探社工作。我在找個叫傅可娜的女郎。我有理由相信這位荀海倫小姐知道她在哪裡。」

他問：「你們為什麼要找她？」

「為一位雇主。」

「你真聰明。」

「我不必賣弄，但我也不可能對每個人說誰請我找她。」

他說：「荀小姐不知道傅小姐在哪裡，事實上她根本不認識什麼傅可娜。」

「荀小姐為什麼給她一封信呢？」

「她沒有給她信。」

「我知道有人說荀小姐有給傅小姐一封信，這人還親眼看到的。」

「他們完全弄錯了，她沒有給她任何信件。」

荀小姐說：「我甚至連誰是傅可娜都不知道。你已經是第二個來問這件事的人了。」

薛堅尼看了她快速的一眼：「第一個是什麼人？」

「水壩工作的一位工程師。」

他眨著眼：「為什麼沒聽你提過？」

「我為什麼要提？我根本不知道他說些什麼。他腦筋有問題。」她轉向我說：「我想一定是他對你說，你才找到這裡來的。」

「那個工程師叫什麼名字？」

她想要回答，看看薛堅尼，猶豫一下。

薛堅尼說：「講呀。」

「我不知道他姓名，他沒有告訴我。」

「你在說謊。」

她漲紅了臉說：「我為什麼要對你說謊？你這個大狒狒，難道每一個上門的推銷員我都應該請教大名，回頭可以向你報告。」

他轉向我問：「你怎麼知道她給傅小姐寫信？」

「有人這樣說。」

「所謂有人，是什麼人？」

「有人向社裡報告，社裡就派我出來。」

「有人是什麼人？」

「你只好去問社裡了。」

他向荀海倫說：「你沒有寫過什麼信吧？」

「沒有，當然沒有。」

他又轉回向我：「你剛才叫我什麼名字來著？」

「我沒懂你的問題。」

「當我剛才出來的時候，你叫了什麼名字？」

「喔，我叫你薛堅尼。」

「你哪來這個名字？」

「那不是你的名字嗎？」

「不是。」

「那對不起，是我的錯誤，請問你是——」

「耿哈雷。」

「對不起。」

「誰告訴你，我姓薛？」

「我以為那是你姓名。」

他不悅慢慢地說：「弄清楚，我的名字是耿哈雷，我的綽號是沙包，我不要任何人叫我別的名字。」

「可以，對我沒有區別，照辦。」

他轉向荀海倫，眼中有凶光一瞬而逝：「假如我發現你是在欺騙我，我就——」

「你把你的腦袋弄清楚！」她說：「你來威脅我？我又不是你什麼人？我有我自己的生活，我們兩個是合夥生意，如此而已。」

「就這樣？」

「你不是聽到了嗎？」

他轉身又對我說：「我要對你的雇主，多瞭解一點。」

「你可以問柯白莎，她住在薩兒薩加夫旅社。」

「那雇主也在本城嗎？」

「你必須問柯白莎才會知道。」

「我想我越來越對你那個雇主發生興趣了。」

「不必，」我告訴他：「尤其當施偉廉告訴我有關你的事之後。」

「誰是施偉廉？」

「那個大個子警官，抓住我後領推來推去那一個。」

「你和這件事到底有什麼關係？」

「沒有關係，我走過去，贏了一個傑克寶。」

他說：「那店裡兩毛五分和一毛的機器都已經『做』好了。你為什麼笨到去『收』那個五分的呢？」

「我有一個五分的硬幣，只能玩五分的機器。」

我看到他在用迷惘的眼神仔細看我。

「你一定拿下了一個假的包頭釘，沒放回去，才露了馬腳。」

我說：「我不知道什麼假的包頭針，我先得了兩個櫻桃，『配』到兩個硬幣，丟回去就得到了傑克寶。」

「之後呢？」

「那換錢侍者走過來，我們吵了起來。」

「講下去。」

「那經理出來，跟著來了警官，那警官叫施偉廉，他們把我帶到上面辦公室，搜索我全身。」

「找到什麼沒有？」

「一大堆五分的硬幣和——」

「你懂我指什麼？鋼絲？鑽子？杯子？或其他？」

那女孩說：「沙包，我相信他是局外人。」

「別太相信人。」沙包回答，眼睛始終沒有離開我：「他們找到了什麼？」

「他們找到，」我說：「我是兩個小時前乘飛機來拉斯維加斯的，他們找到我六個月內沒有來過這裡，我是個私家偵探，又找到我的老闆是柯白莎，她住在薩兒薩加夫旅社，等著我回去做報告。」

沙包小心地看著我說。「將來真相大白時他們不是啼笑皆非嗎？」

我說：「施警官倒蠻相信我的。」

「他笨蛋。」

「畢哈維，那位經理，也認為我在說實話。」

「你是不是說你偶然闖進仙掌斑，根本不知道那邊機器有動過手腳？」

「隔鄰那位太太說，我可以到仙掌斑俱樂部找到荀小姐。」

他們交換神色，沙包輕噓出聲。

「她怎麼知道的？」荀小姐問。

「她說她經過好多次，見到你在裡面。」

「我希望有一天她多管管她自己的事。」女孩說：「她一定也告訴你沙包時常到這裡來，現在也在裏邊囉？」

我點點頭說：「倒也不一定要她說起，我知道沙包在壁櫃內。」

「你怎麼知道？」

我說：「我進來時這張椅子還是暖的，她說她正在抽菸，菸在那張椅子的菸灰缸上，香菸上沒見有口紅印。」

沙包說：「老天，他真的是偵探。」

「傅可娜的事說不說？」我問他們。

「老實說，真的沒有什麼好說的。」女郎說。

「你對她什麼也不知道？」

「真的沒有，我只是在報紙上看到過她。」

「你在報上看到她的事了？」

「是的。」

「拉斯維加斯的報紙？」

她向沙包看看，又把眼光離開他。

沙包對我說：「算了，你又不是在審問她。」

「我能問她問題吧？」

「不可以。」

我說：「這件事不可能登在拉斯維加斯的報上。連洛杉磯的報紙也只占極小篇幅。她要嫁的人不夠出名，也引不起廣大的注意力。不過是另一件人口失蹤案而已。」

「這位女士說過，她什麼也不知道。」

「除了她在報紙上看到的。」我指出。

沙包蹙著眉說：「朋友，我覺得你真太過份了。」

我說：「我看不出來。」

「也許我會想辦法讓你看清楚。」

我說：「要我做任何事都要花錢的。」

「什麼意思？」

「雇用我們這個偵探社的雇主很有錢，而且願意花錢來找到傅可娜。」

「好呀！我們大家來用他的錢。」

我說：「假如洛城大陪審團認為她的失蹤尚有內幕，就會傳喚證人。」

「他傳他的證人，與我們沒關係。」

「陪審團的證人作證時必須宣誓，說謊就是偽證罪，偽證罪多嚴重你當知道。我把你當朋友，你把知道的一切告訴我，我去找到傅可娜。只要找到她，我絕不牽你們進這件事，但是你們要是出現在陪審團前面，情況就不好了。」

「免談，我不要出現在陪審團前面。」

我點了支菸。

荀海倫說：「好，我告訴你，我——」

「少開口。」沙包說。

「閉嘴，沙包，我有我的分寸，由我來說。」

「你一開口就沒個完。」

「不會，賴先生，你看，我是一個普通人，我也有好奇心，那位彭先生來看過我之後，我決心要查出到底他在說些什麼，所以我寫了封信給洛杉磯的朋友，請他把剪報送來。」

「有點進步，之後呢？」

「剪報自郵局寄來。」

「你知道了些什麼？」

「沒有你不知道的，只是報紙上的資料而已。」

「我沒有看到報紙，」我說。「我接手這件案子不久，剪報還在手邊嗎？」

「五斗櫃抽屜裡。」

「可不可以給我看看？」

「別理他。」沙包說。

「不要這樣，沙包，」她說：「讓他看看又有什麼關係呢？」

她站起來，躲開伸手想抓她手腕的動作，一溜煙跑進寢室，又立即帶了一些剪報出來。我一一瀏覽，這些資料都自報上剪下，用紙夾夾起，剪報邊緣不整齊，都是隨意剪的。

「借給我幾小時可以嗎？」我問。「明天一早一定奉還。」

「不可以。」沙包說。

我用雙手奉回給她。「我看不出為什麼不可以，沙包。」她說。

「聽我的，小姐，在這件事上我們不必幫官方什麼忙。那女孩要開溜，當然有她自己的理由，我們只管自己的事，不要蹚任何渾水。」沙包說。

沙包又轉對我：「我還是覺得你有點不對勁。」

「什麼地方？」

「吃角子老虎，你真的沒有玩假？」

我搖搖頭。

「也不是你的副業？」

我說：「吃角子老虎對我完全是一竅不通。我在洛杉磯常到一家叫金格言的餐廳吃飯，他們不應有賭具，但在雅座房間裡有一台機器，只有常客才知道，我每次猛玩都令柯白莎不高興，每次我去吃飯，都把口袋裡硬幣送給它。我也從來沒有得到過超過二個五分的配款。」

他說：「你活該，那種餐廳的老虎本來是只吃不吐的，他們都是為外行而設的，他們利用滾錘把所有大獎都滾掉了，贏兩個櫻桃帶條『吧』等於中了傑克寶了。」

我說：「還是有人拉出傑克寶來的，一週還有二、三次呢。餐廳老闆娘就常會告訴我，有幾次是跑碼頭的推銷員。」

「他們贏過？」

「有人贏過好多次呢。」

「你總不會見到過。」

「都是老闆娘告訴我的，她常說起他們。」

他藐視地說：「你真是幼稚園出來的，那老闆娘可能時常對推銷員說有一個私家偵探贏過三個傑克寶呢。」

荀海倫對我說：「你還真有勇氣。」

「怎麼見得？」

「面對沙包，像你這樣跟他說話，很多人很怕他。沙包，你看他是不是蠻有種的？」

「有什麼種？」

「挺有個性的。」

「去你的個性。」

「我沒有什麼特別意思。」

「看你樣子是有的。」她把藍灰色眼珠又轉向我：「你一定見過不少世面，我意思是見過各種各樣的人。」

「也不多。」

「你找到可娜之後，怎麼辦呢？」

「跟她談談。」

「之後是不是報告要跟她結婚的男人？」

我微笑說：「我報告我的老闆，她會報告我們的雇主。我們雇主怎樣利用調查資料，完全不關我們的事。他付錢給柯白莎，柯白莎付我薪水，如此而已。」

沙包說：「我跟你說過，小姐，世界上的人都為自己利益在爭。你可以拿的地方，就要伸手拿。」

她轉向我說：「沙包正為我建立一套人生哲學。」

「對付吃角子老虎？」

「嗯哼。」

沙包說：「不談這些，小姐。」

她說：「所有機器都是不誠實的，他們搶顧客的錢，我們偷他們一點又如何呢？」

「也不算是偷，我們取回一點大眾投資而已。我們是大眾的一份子，對不對？至少以吃角子老虎而言，他們利用機械刮大眾的錢，我們利用機械讓他們付一點出來，很公平。」沙包說。

我說：「那個姓施的警官——說是要對付你。」

「正確，」沙包說：「我們早晚要鬥一鬥的，他們都告訴我不要在內華達玩，內華達法律給他們各種保護，但我一定要鬥他們一下，加州就不同，拿加利摩溫泉說，就是最好下手的地方。但是壞就壞在這裡，好手總喜歡帶點挑戰性的地方，我記得有一次我們去的地方正好有一批壞蛋在我們之前把他們挖空了，老闆看到機器吃不到錢，找了私家偵探查是什麼原因，什麼人在搞鬼。」

荀海倫神經地笑著說：「這就是我有私家偵探症候群的原因，他們老盯著我。」

「對他們也沒什麼好處。」沙包說。

「可是引起我們不少麻煩。」

「說說而已，」沙包承認著：「也不太多。」

「我認為不妥，沙包。」她說：「我說你應該改行了。」

「這行業還不錯，小姐，還可以做一段時間。」

我說：「我要回洛杉磯去了。」

沙包說：「整個這件事，我看你不太正常，你不是專程來對付我們的吧？」

我搖搖頭。

沙包釋著眉，用敏感疑慮的眼神盯了我很久，突然說：「把你的東西整理起來！小姐。」

「為什麼？」

沙包現出敵對地說：「這傢伙很可能在拖延我們，說不定警方就要跟來了，那些硬幣在哪裡？」

「在我——在老地方。」

「好，拿出去換一換。要是有人來搜查，可不能留下一大堆五分，一毛，兩毛五的硬幣。你老兄，還是請走吧，你不是說有很多工作要做嗎？」

「我還想問幾個問題。」

沙包站起來走向我，把手放在我肩上說：「我就知道你還有話講，我看你很忙，你有很多事要做。」

「沙包，不可以傷——」

「管你自己的事，小姐，你去換錢。這位先生現在要離開了，他有他自己的事要辦。」

她注視著沙包一會，又看了我一會，突然她笑著伸手向我，「你是很了不起的人，」她說：「我喜歡有膽識的人，你有種。」

「走！把臥室裡的東西弄出來。」沙包不樂地說。

「走了，走了。」她說。

沙包指示我離開，我對荀海倫說：「再見，我要找你，哪裡可以聯絡？」

沙包代她回答這個問題，他的話和他的眼都是冰冷的：「你走到外面，我會告訴你這個問題的答案。既然你現在問了，我現在告訴你也一樣，不可能！」

「不可能什麼？」

「不可能再和她聯絡。」

「為什麼？」

「兩個理由，一是因為你不知道她到哪裡去了。二是因為我不要你和她聯絡，懂了嗎？」

海倫說：「沙包，不可以這樣。」

沙包沒理她，對我說：「上路！」他把手指握住我上臂，推我的力量是很輕的，但十分堅決。他自肩部向後對她說：「快進你的房，動手要快。」

沙包打開大門。「再見了，朋友，」他說：「見到你很高興，不要再回來，拜拜。」門重重地關上。

我看看他們鄰居人家，見到門下有一道光線透出。

我輕輕用足尖走下階梯。

我走離附近，站到另一房子的門旁看著路上，等待著。街燈已開始明亮。

等不多久，我看到荀海倫自街道走來，手裡拿只稍大嫌重的提包，走到任何地方都會引人注意。

我悠閒地跟在她後面。

她走進一家賭場，開始玩幸運輪。玩了足夠的時間使大眾認定她是在這裡的一個顧客，於是她來到換錢櫃檯，打開她的手包，拿出五分，一毛，兩毛五混合著的硬幣換成鈔票，她出來穿過街道進入另一家賭場，重複剛才的手續，她出來時我在等著她。

「哈囉，」我說。

她突然受驚：「你在這裡幹什麼？」

「我在這裡站著呀！」

「千萬不能讓沙包看到我和你談話。」

「為什麼不可以，我有些問題想私下問你。」

「不可以，不可以，拜託就是不可以。」

「為什麼？」

她焦急地四下打望：「你不瞭解，沙包專制得很，你離開後他跟我吵了半天，他說我對你太好，說我要保護你。」

我走到她身旁：「也好，我們一面走，一面——」

「不，不，」她說：「不向這邊，你一定要走，就走那邊。前面右轉，那條路暗一點，我真不希望你冒那麼大的險。」

我說：「你給可娜一封信，為什麼？信裡說些什麼？」

「我一生從來沒給她寫過信。」

「真的？」

「真的。」

「她失蹤前，你沒有給她一封信？」

「沒有。」

我說：「她是金髮碧眼一類，這類人不太會突然衝動。要不要看看她照片？」

「要，你有？」

我帶她到一家有燈的門口，自口袋取出照片。照片已有點弄皺，那是路易抓住我後領向下拉，捆住我兩臂的傑作。

「看到嗎？她動作很快，但是三思而行。」

「何以見得？」

「自她面部的線條。」

她說：「你會看面相？」

「見多了每人都會，你每見一個人，潛意識就在分析他是什麼性格。譬如你見到一位鼻翼非常薄的——」

「但是我每次都看錯人，我對別人都是真心真意，吃過不知多少次虧，我看看人們，直覺地假如喜歡他們，我就真心相待決不後悔，你說你的名字是唐諾，是嗎？」

「是的。」

「好，唐諾。你聽著，我們到此為止。沙包一旦妒忌就十分危險。今晚他的情緒又特別不佳，照我離開時候的情況，他一定不安心會來跟蹤我，沙包的毛病就是穩不住，一旦心情緊張就過份激動。」

「海倫，我怎樣和你聯絡？」

「你不能。」

「有沒有什麼可靠的通訊地址，或者可靠的朋友？」

她強調地搖搖頭。

我給她一張我的名片：「這是我的地址，請想想有沒有我可以聯絡你的方法。一旦我需要你的證詞的時候，我可以聯絡你的方法。」

「我不要做什麼證詞，我不要在眾目所視情況下被別人問很多問題。」

「你可以信任我，你對我好，我也會忠心對你。」

她把我的卡片放進皮包：「我會好好想一想，唐諾，也許我會給你一張明信片，告訴你什麼地方可以找到我。」

「舉手之勞，請多照拂。」

「也許——唐諾，我可以告訴你一件對你有利的事。」

「什麼？」

「我還是有些事瞞了你。」

「意料之中。」

「我們到什麼可以談話的地方聊，沙包隨時會找來。」

「旅社大廳，或是——」

「不行，要近一點。來，到這——唐諾，先告訴我為什麼你知道我保留了一點？」

我說：「是推理所致，此外我有證據你曾給可娜寫信。」

「我從未對你說謊，只是未把全情告訴你，我想幫你忙，但是為了沙包我不方便，我不知怎麼辦。最後我決定，假如你有種在外面等我出來，我就告訴你——也許。」

「告訴我什麼？」

「傅可娜，倒是寫過信給我。」

「謝謝，什麼時候？」

「她失蹤的前一天，我推算出來的。」

「你給她寫過信？」

「沒有，我沒有，老實說真的沒有，我一生從未見過她，對她真的一無所知。」

「你講。」

「這就什麼都告訴你了。我收到一封信，信的確是寄給荀海倫，信封寫著拉斯維加斯郵政總局留交荀海倫，姓荀的很少，一位郵局職員湊巧知道我在這裡有個公寓，所以在信封上批了一下，送到了公寓地址來。」

一家雜貨店門口有晚上開的燈，不亮，但足夠看清附近情況。我停下來說：「我們看一下那封信。」

「假使給沙包知道了——」

「這跟他有什麼關連？」

「實際說來，」她漲紅著臉說：「沒什麼關連，我一開始就告訴他，我和他只是生意夥伴。他的妒忌是不講理的，當然他得寸進尺，而且和法律作對。他說很明顯的拉斯維加斯另有一位荀海倫過境，而我拿到了她的信，我不知道是不是，也無法找她。沙包叫我不必出頭自找麻煩。」

「那封信——」

「你保證你不——」

「快一點，」我說：「我們時間不多，先看一下再說。」

她打開皮包，拿出一個信封，交給我。

我放入口袋。

「不，不可以拿去。萬一沙包問我信弄到哪兒去了，我怎麼回答，他說過要親自燒掉它的。」

「我要找一個地方看一下內容，研究一下，看有沒有線索。」

「唐諾，不行，你只能馬虎看一眼，我也能告訴你信的內容，我——喔，老天。」

我跟她停住眼光的方向前望，沙包站在大街燈光下左右看著。

她抓住我手腕說：「快，回這邊來——」沙包轉過頭，看向這條街，向前一步離開強光，希望看清楚一點，突然很快向我們走來。

「怎麼辦？」她問：「你跑，我擋一陣。跑快一點。我儘量——不行。你不行，唐諾，他危險。他瘋了，你——」

我扶著她手臂，向沙包走去。

我不太看得清他的表情，帽沿遮住了光線。街燈有的地方亮有的地方暗，但大都是閃動的，影像改變得厲害，但還看得出沙包滿臉扭曲而有恨意。

荀海倫也看到了他的臉色，拉我的手臂把我轉半個身。

沙包沒說話，雙眼看著我，用右手抓住她夾克的領子，一把把她推向人行道。

我向他下頷擊去，我不知到底因為光線不佳或他太生氣不知我在做什麼，也或許因為他根本不在乎我做什麼，反正他既未躲避也沒抵擋，我的一拳正中他下頷。下意識地我依照了路易教我的打法，將全身的體重跟隨了拳頭，一起擊中他，重得連手臂都快斷了。

在他脖子上的頭，動都沒動一下。這一拳就像打上了水泥牆。他說：「你這騙人，狡猾的小混混——」他的拳打中我的牙床。

這是他的左手，一拳使我人離地，我知道他的右手一定會跟著駕到，我試著急於跳開，但顛躓著失去了平衡，使肩部上翹。他的右拳打中我肩，一拳打出人行道，掉進陰溝。

一輛車子轉向，車頭燈強烈的照著我的眼，我以為車子要撞我，我站起來，沙包正向我走來，走得不快，但有堅定的凶狠決心。

車已停住，我聽到車門碰上的聲音，腳步聲在我後面，有人說：「你不可以！」沙包沒有理會別人的命令，他的腦子只想對付我。

我被人自後面向側推開。

一個大大的身體經過我向前一步，我聽到拳頭打到肉的聲音，沙包與一名大個子已進入摔角階段，大個肩部撞到我又把我推至遠遠一側，在我能回進戰鬥圈前，沙包已先設法脫身揮出一拳。大個子寬肩厚背已介在我與沙包之間，說時遲那時快，我才聽到捕手接住投球那種聲音，大個子整個身子撞向我一起倒下，大個子壓在我身上。

我聽到很多人在喊，一個女人在尖叫，許多腳步聲跑向我們。

有人彎向我們，我掙扎想脫困，車頭燈照出沙包的臉，仍是冷酷含恨的。他右手把大個子無力的身體從我身上撥開，左手抓住我襯衣和領帶，他要扼死我。

有人在他後面，我見到一根棍子揮過半個圈停在沙包後腦上。抓住我襯衣的手鬆脫，我跌倒在汽車保險槓上。

在我躺平之前，人群中有很多的騷動，我聽到喉管中粗暴的呼吸聲，另外一個擊打聲，而後是跑步的聲音，這次是逃離的聲音。

把我一起拖著倒下去的大個子掙扎著用膝蓋爬起，右手向後伸向髖部。藍鋼的顏色在汽車燈光下閃爍。那人轉頭時我見到他的側面，是施警官。

一個人推開圍觀的人群，問道：「皮爾，怎麼樣？還好嗎？」

施偉廉說：「他人呢？」

「他跑掉了，我給了他一警棍，也制不住他。」

施警官掙扎站起。

我被保險槓困住，必須用手抓住它才能把自己撐起來。施警官攫住我，把我身體轉回來，說：「喔，又是你。」

我說：「對不起，警官。」又立即來了靈感加上一句：「我想把他擒住交給你。」

「你真有種，」他告訴我，一面摸著自己下巴。

「你要那個人為什麼？皮爾。」拿警棍的警察問。

「吃角子老虎竊賊。」施警官說，想了一下又加一句：「妨害公務，暴行拒捕。」

「好，我們去找他。」

施警官問我：「知道他住哪裡嗎？」

我拍掉身上的灰，「不知道。」

「向什麼方向脫逃？」施警官問。

七八個人自願提供消息，施警官回頭看著汽車，猶豫一下，決定徒步追蹤，帶了另外那警察一起，很多人跟在後面想看熱鬧。

我跛行進入黑街，七點鐘白莎還要我回去見她。

第五章　可娜的一封信

我進入酋長旅社大廳，找一個座位坐下，把荀海倫給我的信自口袋拿出，仔細地看著。

信紙信封都是非常好的質料，但信紙的大小怪怪的，信紙上緣稍有不整齊，要是不仔細看不會發現。紙上冒出輕微的香味，我不知道是哪種香料。筆跡有稜有角不太容易辨認。

信的內容是這樣的：

親愛的荀海倫：

很感謝你的來信，可惜已沒什麼用。我現在不可能進行這樁婚事，對他是非常不公平的，你的好意只好違背，我決定立即離開目前之困境，再見。

傅可娜上

我再觀察原信信封。這確是經郵局的實寄航空信，信封上所書由郵局留交等字體和信紙字體無疑出自同一人的手筆。郵局有人把留交字樣劃去，另外批上海倫的地址。

我把信紙放回信封，放進口袋。再經想了一下改變主意，又把信紙自信封取出放過上衣側袋，將信封放進上衣內面口袋，步行走回薩兒薩加夫旅社。

白莎說：「唐諾，你小子幹什麼去了？」

「工作。」

「你又打架了，真弄得亂七八糟，把這衣服刷子拿去。不，還是先告訴我，你找到什麼了？」

「線索。」

「不要氣人，你就這點不好，告訴我發生什麼事了？」

「我打聽到那女人喜歡玩吃角子老虎，我可以站著等她等到清晨三點、四點，或者出去在機器堆裡找她。」

「你等她找她，不一定要自己玩吃角子老虎呀。」

「你晃來晃去自己不玩，別人看起來多刺眼。」

「刺眼有什麼關係，又不少一塊肉。究竟你是為鈔票在跑腿，和電影裡到內華達來辦案的私家偵探不同。是不是。又想把賭輸的錢由公款開支了？」

「不會。」

「發生什麼事了？」

「打了一場小架。」

「這點不須說明，你又把臉湊到人家拳頭上去了。」

「臉難看嗎？」

「可怕極了。」

我走向一面大鏡，鏡子前面有張桌子，桌子上是白莎所購第二塊巧克力條，仍在錫紙封套中原封未動。我衣服上很多塵灰。鏡中出現一個奇怪的、左右不平衡的臉。

柯白莎問：「打架又為什麼？」

「第一次打架起因於有人認為我在機器上動手腳。」

「你打贏了？」

「沒有，我被捕了。」

「想像得到，之後又如何？」

「我又見到那女孩。華先生在哪裡？」

她說：「他應該隨時會到了。他收到電報說他兒子已上路來這裡，他正在等他。」

「從什麼地方來？」

「洛杉磯。」

「怎麼來法？」

「自己開車。業務上出了什麼緊要問題，他帶了他爸爸右手人物開車前來。那人已跟他爸爸好多年了。」

「費律知不知道他爸爸在這裡幹什麼？」

「我看不見得。但他爸爸會帶他參加會議。」

「你說他會讓他認識我們，也知道我們來此的目的？」

「我想是的，唐諾，他真是太好的好人。」

「嗯哼。」

「最為人著想，格調很高的人。」

「嗯哼。」

「他是個鰥夫，我瞭解他多少有點寂寞。並不是說他又想再婚。他自負於獨立性格太重，但他倒也不是自滿的人。他內心還有點孩子氣，所有男人都如此，他們需要母愛，尤其有什麼不順利的時候。」

「嗯哼。」

「賴唐諾！我說什麼你有聽到嗎？」

「有，當然有。」

「為什麼嗯呀哼的，不發表一點意見？」

「你不是要我同意你嗎？」

「遇到像華先生這種好人，除了附和我說的之外，你應該也加述一點他的優點。」

「我不會，世界上也沒有人會。」

她的嘴唇變成一條薄薄的橫線：「你這小龜兒的，有的時候我真恨你恨到極點了。」

「那根巧克力條你不吃了嗎？」

「送給你。」

「我不要，它怎麼啦？」

「我不知道，第一條吃了不太舒服。你吃過晚飯嗎？」

「還沒，我一直忙著。」

「華先生建議我們一起用餐——當然是指假如你回來的話。」白莎的嘴露出了痴笑：「他說他要讓他的兒子見見我。他對這一點好像特別有興趣。」

「那很好。」

門上有敲門聲。

「去開門，親愛的。」我打開門。華先生在門口，身後一位男孩明顯是他兒子。額頭一樣很高，長而直的鼻梁及很好的唇型。父親的眼睛較為熱情有幽默感。男孩的色澤相同沒有皺紋。但已有人生掙扎得不到樂趣的感覺。男孩後面是個四十歲的男子，禿頭，很魁梧，非常精明，體型有如灰熊。

華先生說：「費律，這位是賴唐諾。賴先生，這是我兒子華費律。」

體高的年輕男人對我點點頭，伸出手很有禮貌但並不熱衷地和我握手。他說：「真是很高興見到你。」

「請進。」我說。

那父親真當回事地說：「柯太太，容我來介紹我的兒子，費律。費律，這位是我和你談過的女士。」

費律好奇地看了她一眼，鞠躬道：「柯太太，高興見到你，父親說起你很多。」長得魁偉的男人看我們好像把他疏忽了，笑著向我伸出一隻手說：「我姓艾。」

「賴。」我說。

我們握手，華先生警覺到這情況說：「喔，對不起，」隨對白莎說：「請容我介紹艾保羅先生，他和我在一起很多年了，是我們公司的諸葛亮，我只管拿盈利和付所得稅，他管理公司賺錢。」

艾先生微笑著，好意的微笑，健康、魁大、有力，不在乎任何人說任何事的微笑。白莎滿臉笑容，她真的從椅子中起立，做起女主人來了。她打電話叫送雞尾酒上來。

華先生對我說：「我知道兒子要來，建議柯太太我們可以一起晚餐，你有沒有到處參觀一下？」

「有。」

「發現什麼有興趣的嗎？」

「一點點。」

「有荀小姐消息嗎？」

「有。」

「你沒跟她談話吧？」

「有談話。」

他停了下來觀望著我，好像我說了什麼出他意外的話，隨即他笑著說：「我和費律之間沒有秘密，費律知道柯太太經營私家偵探社，而我聘請她來找尋傅可娜，他知道你賴先生是為她工作的，所以假如你找到任何可以稱為線索的，不必隱瞞。」

我自口袋中拿出那信封，交給小華先生說：「是她的筆跡嗎？」

他急急拿起信封，站著觀看，「是，是她筆跡。」他說。

老華先生搶過信封說。「柯太太，你是對的，這人工作效率真快。」

「我告訴你他很快。」

老華先生把手伸進信封，當他發現裡面沒有信紙時，臉上現出疑問的樣子。

「沒有信嗎？」

「好像如此。」

「信要在的話，就是好線索了。」

我點點頭。

「信在哪裡？」

「現在不在荀小姐手上。」

「不在她手上！」

「不在。」

「她怎麼處理了？」

我聳聳我的肩。

「她還記不記得信中寫了點什麼？」

「我不知道。」

柯白莎說：「你為什麼不知道？你不是和她談過話嗎？」

「是的，但是她的男朋友不喜歡我的方式，他把我當一個沙包打來打去。」

「你看起來有點像。」

華先生說：「我們告他，捉他起來。」

「那倒不必，當他真要置我死地的時候，警察來了。」

「警察怎麼樣？」

「不見得比我好。」

柯白莎和華先生交換眼神。

華先生說：「現在你可以去找荀小姐要那信紙了。」

「最好讓事情冷一冷再說。」

柯白莎把眉毛蹙在一起，好像想到什麼又不能全解。她說：「唐諾，回你自己的房換件襯衫，把衣服弄乾淨一點，你還有別套衣服嗎？」

「沒有。」

「那只好儘量弄弄整潔了。」

艾先生說：「正好我們可以出去送幾個電報，柯太太，請原諒我們一下。」

衣刷把我衣服上大部份的塵土除去。但我的領帶已皺得無法復原，我的襯衣領子太髒也捏皺成一團了。我換了件襯衣，換了條領帶，用濕毛巾敷臉直到疼痛減輕，梳理一下頭髮又回到柯太太房間。

門關上後她說：「有史以來你第一次這樣，唐諾。」

「什麼這樣？」

「給我爭氣，不過不是我要怪你，因為我不想怪你，我就是不太明白為什麼，你沒有追問那封信。」

我把那封信從口袋裡拿出來，交給她。

「這是什麼？」

「可娜寫的信。」

「你哪裡弄來的？」

「荀海倫給我的。」

「那你對華先生說了謊？」

「沒有，我沒有說信不在我身邊，我只說現在不在荀小姐手上，現在『是』不在她手上，她交給我了。」

白莎小而發光的眼睛眨眨地看我：「是什麼鬼主意？」

「你先看看這封信。」

白莎仔細讀了這封信，向上望過來說：「我還是不明白，為什麼要隱瞞我們的雇主？」

我問：「那封華先生給我們的信，在你身邊嗎？」

「你給我的那封？」

「是的。」

「為什麼？」

「拿出來我們再看一下。」

柯太太說：「我們什麼也不看，先要解決傅小姐的事。」

「我想看了華先生那封信，傅可娜的事就會清楚一點。」

「為什麼？」

「看這封信，」我說。「這封信是寫在高級成套的信紙信封上的，你看信紙上還有水印，有淡淡的香料味。再看這信紙的橫徑和直徑，看他摺疊的樣子，看懂了嗎？這是公司行號商業用的信紙信封，不過有人很小心把印好的公司名字地址，用把快刀裁去了。」

白莎眨著眼，過了一下說：「我想我懂了，說下去。」

「華先生不贊成他兒子和傅可娜結婚，他把她找來辦公室，出個價錢，她接受了，她想辦法失蹤，但為了自己的面子，她可以安排成強迫離開或是因懼怕某件事情而離開。」

「為什麼還要有封信呢？」

「這封信，」我說：「是計劃的一部份，以我們立場言，整個案子是得了錢自行失蹤，傅可娜根本不認識什麼荀海倫，荀海倫也不認識傅可娜，但華亞賽在拉斯維加斯有朋友，這些朋友可以幫助找一個合適的傀儡，華先生要傅小姐先寫好這封信，備而不用做第二道保險。」

「這一點我不明白。」

「華亞賽是費律的父親，一切也以費律的利益為優先，這是他的出發點。」

「那當然。」

「所以他絕對不希望兒子有什麼心理負擔，假如一個女朋友跑掉了，跑了就算了，費律能放開心不再掛念，一切就不成問題，萬一費律念念於女孩的安危，以為她被綁架了或有生命危險了；再不然他真正愛她，念她，不能克服，甚而影響身體前途，就像現在費律的情況時，那封信就有用了。」

「怎樣？」

「他爸爸早就顧慮到會有這種事發生，記住，他是個業餘心理學家，他當然不會忽視這個可能性。」

白莎說：「我懂了，這時他不能從衣袖中拿出一封她寫的信來，告訴他兒子是他找到的，他一定要把信放在一個可靠的地方，由私家偵探來替他拿出來。」

「對囉！這信證明可娜是自己願意出走，華先生就是要我們發現這封信，他願意為此付款，他可以把信給兒子。」

白莎霎眨她的小眼睛說：「他喜歡和我們玩捉迷藏，我們就跟他玩捉迷藏。我們躲躲藏藏每天拿出差費拿他六天，到第七天把這封信拿出來還可以要他獎金。這至少教他不可以把我們當傻瓜，這也是你的計劃，對嗎？親愛的？」

「不全是。」

「那麼是什麼呢？」

「原則上差不多，但這樣做，我們永遠無法證明華先生有沒有強迫可娜寫這封信，所以我們不能譴責他——」

「賴唐諾，我看你又昏了頭，他是我們雇主，你不能譴責自己的雇主。」

「假如我們暫時不把這封信拿出來，華先生就會四處設法想使這封信落到我們手中，當他四處設法時就會自己暴露，容易被我們像現行犯似地捉住。」

「捉住又如何？」

我說：「我們對全案就多瞭解一點呀！」

「唐諾，你又出軌了，你一定為了傅可娜破碎的心。」

「我想看到她也有一個公平的待遇，她面對的是一個有財有勢的人，而且威迫利誘並施。」

「他做了些什麼？」

「我不知道，不過我確信她不會因錢撤退，華先生這種人會把她綁在輪子上慢慢折磨，身心兩方面的，事實上，他對任何阻礙他前途或想法的人，都會如此處理。」

「唐諾，你怎麼可以這麼說他，他是個好人。」

「他要做好人時的確可以做一個好人，但他要達到某種目的時，是非常殘酷的。」

「人不都是這樣的嗎？」

我笑笑說：「有的人這樣。」

「你這是挖人瘡疤。」

我沒接聲。

白莎說：「去打開我那隻箱子，親愛的，那封信在拉鏈夾層裡。」

我拿出那封信，舉起來對著光，水印的圖案及位置是相同的，我把兩張信紙並列著，傅可娜的信是寫在華先生辦公室專用信紙上的，上端信頭上印有字體的部份被摺過來，用很快的刀裁去。

柯白莎說：「唐諾，真有你的。」

我把傅可娜的信摺起，放回口袋。

「下一步怎麼辦，唐諾。」白莎問。

「我要到洛杉磯去查一查，華先生要在這裡住多久？」

「我想還有一、二天。」

「要不要今晚跟我回洛杉磯去？」

「不了，白莎太累了，我也喜歡沙漠氣候，我想——」

「有火車九點二十開。」我說：「我會預定車票。」

第六章　一個小小的可能

雞尾酒對場面也沒有太多的幫助，華費律非常憂鬱，完全心碎的樣子，他父親不斷看著我，好像一個玩梭哈的人看到對方把全部籌碼推到桌子當中，那樣仔細地在觀察我，白莎周旋在我們當中像隻和平白鴿，儘量做個女主人希望一切順利，這種職位對白莎言是十分陌生的，一如她現在較瘦的體形對她也是不自然的，華先生已把她催眠，使她突然發現自己仍是女人，這對她職業決斷力會有什麼影響尚在未知之數，至於我，一直靜靜地坐在那裡，把要玩的牌緊緊地握在胸前，談著政治與軍備，就是不談傅可娜。

吃晚飯時，氣候是炎熱的，街燈四周小蟲圍著圈亂飛，餐廳所有門窗故意開著，當地與內行的遊客都穿短袖襯衫用飯，大家不擔心出汗，只有靠在椅子背墊太久，才會使襯衣背上汗濕，否則沙漠中乾熱的空氣一下就把汗氣蒸發了。

晚飯由華先生付的款，當他在等候找錢時，費律對我說：「賴，我對你很有信心。」

「謝謝。」

「我知道你會為我找到可娜。」

「你爸爸是付錢聘雇我們的人。」

「我搞不懂，他要你找到可娜——是不是爸爸？」

「是的，」老華先生說：「不過我給了他們一個時間及費用的限制。」

「但是，爸，我們沒有金錢的問題，那件事後面有點不對勁，有點怪，有點危險——」

「費律，我們剛吃飽，暫時不討論這個題目。」

「但是你一定要答應我，我們要讓賴先生——讓柯太太和賴先生不斷地工作。」

「這一點還是由我來決定，費律。」他轉過來看我說：「賴，假如你能找到那封信，信的內容又足夠證明傅可娜是自由意志下故意離開的。我就算你們的工作完全成功了。」

「你的意思是——我對這封信有什麼看法，無關緊要。」

「這封信本身可以證明這一點。」

「但是爸爸，我們不能就此放手，我們要找到可娜，一定要找到可娜。」

女侍者帶來零找，華先生給了合適的小帳，把零錢放回口袋。

我問白莎道：「你今天吃得不多，還好嗎？」

「還好，我最近不太餓，不是沒有胃口，只是沒有以前太重時那麼貪吃。」

華先生問他兒子：「見過這裡有名的賭場嗎？」

「還沒有。」他說。

華先生看著白莎說：「你要不要參加我們小賭一下，還是想回房和你助手研究研究？」

白莎瞭解他的意思說：「我們先回去，還有事。」

回到白莎房間八時已過，她關上房門說：「唐諾，最好把信交我保管。」

我看看錶說：「等我把要調查的都查清楚，好不好？」

「哪一方面？」

「有關信的方面。」

「唐諾，你到底搞什麼鬼？你去洛杉磯，又為什麼？」

「好幾個理由，」我說：「你覺得這裡氣候好，想留在這裡。總該有人管管洛杉磯辦公室。」

她說：「唐諾，你不必緊抓住牌連我也不給看，你究竟為什麼要去洛杉磯？」

「只是想到一個小小的可能性。」

她歎氣道：「好，你一定要如此，你就去你的。」

「你什麼時候回來？」

「還沒決定，這裡挺不錯的。」

「你指氣候不錯？」

「當然指氣候，還有什麼能使我留在這一毛不生的地方。」

「我哪會知道。」

「我想你也不會知道，走你的吧。」

「火車離開之前，不要告訴華家父子我要走。」

「我怎麼說你哪裡去了？」

「告訴他們我突然留張條子，要去查點東西，我乘火車去了洛杉磯，叫你在此等我，說是我的意思請旅社九點半才給你通知。」

她說：「華先生對這件事也許會不高興。」

「是的，」我說：「也許會不高興。」她注意我，想知道我在打什麼主意，爾後生氣地轉開不理我。

我開門走回自己的房間，把要用的東西拋入一個手提箱，自從替白莎跑腿，我已養成隨時出差，所攜物品不超過手提箱為多，我還有半小時時間，我又拿出那封信研究，再仔細回想我和所有人的對談內容。

第七章　警長的懷疑

火車準時進站，我爬上去時離開車尚有十五分鐘，我定好的是下層臥鋪，經過火車站及沙漠的熱氣，進入有冷氣的車廂使人覺得清涼舒服。反正也無事可做，我脫衣進臥鋪把一條毛毯蓋上，冷暖正好合適，我就開始睡著，連火車什麼時候起動出站也沒有覺醒。

半途我夢到火車遇到地震，前面的鐵軌扭曲，火車似蛇行前進，終於全節出軌，翻滾，滾了又滾。

一個帶沙嗓的聲音在我耳邊響起：「下鋪九號，下鋪九號——下鋪九號。」我終於瞭解夢到地震是因為有人在拉扯裹在我身上的毛毯。

我用手指搓搓眼說：「怎麼啦？」

「警察現在要見你。」

「搞什麼鬼？」我一面看是不是在做夢，一面還真生氣他打斷我好睡。

「把裡面燈打開。」另外一個聲音說。

我自臥鋪坐起，把布幔拉開。

施警官站在走道上，身旁站的是穿了制服的車廂服務員。

火車以不太快的速度前進，左右搖擺相當明顯，臥車廂內所有布幔都是綠色，燈光反射到施警官的臉上也成綠色，好幾個乘客自布幔中鑽出來看發生了什麼事。

我疑問地問施偉廉：「怎麼回事？」

「你馬上回去，賴。」

「回哪裡？」

「回拉斯維加斯。」

「什麼時候？」

「現在回去。」

「火車八點三十分到達洛杉磯。」

他看看自己的錶說：「我是二點半漢麻站上的車，火車三點十分會在巴斯妥稍停，你穿好衣服我們下車。」

「這是我幫你忙，你給我的回報嗎？」

他想說什麼，但改變主意說：「穿好衣服，現在是公務，我也身不由己，只能告訴你這些，真的。」

「你怎麼來的？」我問，一面接受事實把睡衣換下。

他用手肘撐著上層臥鋪邊緣，向下望著我說：「飛機，另外有汽車追這輛火車，我們先回去，隨即——」

上層臥鋪上位男人不耐地說：「能不能靜一點。」

「對不起，」施警官說。

服務員趕過來：「對不起，請你們幫忙，不要吵別人。」

「不要緊，」我告訴他：「我們不講話就是了。」

我不講話穿衣服，當我整理好，施警官的大毛手伸入幫我把手提包拿了。他把我帶到盥洗間，他問：「你要拿些什麼東西進去？」

「牙刷，梳子——」

他看看錶說：「好，我來伺候你。」

我刷牙，梳頭，洗臉，伸手去拿手提包，施警官只把手提包打開向著我，他沒放手，我把東西放入，他把提包閉起，提在他的毛手裡。

「我自己提。」我說。

「沒關係，我來。」

服務員過來，「噓，」他說：「再幾分鐘就到巴斯妥，只停半分鐘，你們請準備。」

施警官點點頭。

「下車在那一頭。」服務員說。

我點了支菸問施警官：「到底怎麼回事？」

「對不起，賴，我現在不便告訴你。」

「那就不必告訴我，你神秘兮兮辦謀殺案嗎？」

話已出口，我恨不能自己把舌頭咬下，施警官的臉色已告訴我要知道的一切。

「你怎麼知道有人被謀殺了？」

「有嗎？」

「你剛才在說。」

「別亂講，我說你神秘兮兮，好像你是在辦一件謀殺的案子。」

「你不是這樣說的。」

「當然是這個意思。」

「你自己知道不是。」

「我知道是的，我只是用個比喻，有什麼你不能告訴我的？」

「到拉斯維加斯之前，我們不提這些。」

火車慢下來，我們照服務員指的方向走，服務員已站在門外一手握著門把，當火車停下，他跳上月台打開車門，站在月台上車門旁，我看得到他的眼白。

沙漠夜晚就是如此特殊，車廂中需要空調，但是空氣非常不新鮮，一跨出車廂空氣乾燥新鮮，但冷得像把刀一樣衝進我的肺裡。

我拿點硬幣給他做小帳，他伸手要拿，想想又把手縮了回去，「不需要了，我不收小費，早安，先生們。」

施警官輕輕地笑著。

提了我的手提包，他走在前面，一如識途老馬，一出車站我看看天上，星星一顆顆清楚地在閃爍，好像離我們很近，而且佈滿了穹蒼，標準沙漠氣候，熱氣已全消，乾燥而冷得令人發抖。

「有沒有風衣？」施警官問。

「沒有。」

「沒關係，汽車裡是暖的。」

過了馬路，我們走向一輛停在路邊的汽車，一位男士跳出車來把車後門打開，施警官讓我先進車，把手提包拋入，然後自己爬進來，坐我身旁。

「走吧，」他告訴司機。

車子離開車站地區，轉彎走上公路，經過一個橋。車子裡是暖和的，但四周的景色，因為只見到星星，黑暗，沒有建築物，使你體會到是冷的。

我對施警官說：「這裡氣候真不錯。」

「是嗎？」

「到底是為了什麼？是不是我犯了什麼罪？」

「我只負責帶你回去，其他一切都回去再說。」

「我要是沒有犯法，你沒有權可以把我從火車上拉下來，送我回拉斯維加斯。」

「警長說要我帶你回去，我就帶你回去。」

「這是什麼車子？」

「我租的車子，我有租飛機載我們回去。」

我說：「還好我們是朋友，假如我們不是朋友，可能你什麼也不肯告訴我。」

他對我笑著，駕駛把頭轉了一點，眼睛在看路況，耳朵聳出來聽著。車速恰越來越快，我把自己縮在車座角上不再開口。施警官把一支雪茄尾端咬掉開始抽菸。一時除了引擎聲音外，只有沙漠勁風颸過車窗的聲音。偶而換車道的時候車子跳過白色反光圓點，發出一點跳動聲，半小時後車速降低。

不遠處多種顏色的燈光顯示一條小的跑道，司機把車速減低以便找到轉入的道路，而後轉入，我立即聽到飛機引擎的聲音，也看到飛機開亮它的前燈。

施警官對司機說：「我要張收據，可以報公帳。」

駕駛拿了施警官給他的錢，開了張收據。施警官打開車門，抓起了我的手提包，我們離開汽車進入刺骨的冷風。汽車轉頭回向公路，我們步向穩速轉動著推進器的飛機。施警官用嘴角對我說話：「他們要是知道我漏什麼消息給你會撤了我的職，他們希望你回到警長辦公室之前，不知道是為了什麼。」

「到底為什麼？」

施警官估計腳下距離飛機的遠近，稍稍減慢步伐使我們不會太快接近飛機，他問：「你幾點鐘在旅館離開柯白莎的？」

「為什麼？我不能確定，喔！也許可以，八點過不久。」

「離開後到哪裡？」

「回自己房。」

「做什麼？」

「整理行裝。」

「你沒有遷出？」

「沒有，我讓白莎來辦，反正房間費要多收一天，白莎管帳，她知道我走了。」

「你沒有告訴旅館任何人你走了。」

「沒有，只是拿起提包走人，我在桌上留張字條給白莎。」

「這隻手提包是你唯一行李？」

「是的，怎麼啦？」

他輕聲地說。「有人被殺死了，警長認為你有問題，我不知道他為什麼會有這種想法，有人給他點消息，他認為可靠性很大，你要小心了，上了飛機不要開口。」

我說。「謝了，警官。」

「算了。」他含糊地說：「多動點腦筋，看看有沒有不在場證明。」

「什麼時間之內的不在場證明？」

「從八點五十分到火車開動為止。」

「那怎麼行，我九點左右來到車站，火車九點五分進站，我自己一個人上的車。」

「車廂服務員沒見到你。」

「沒有，他在照顧別人，我沒有行李，我自己上車，我有點累，脫了衣服我——」

「不要講了。」他阻止我說下去，因為飛機前面隱約出現了駕駛的影子。

「準備好了？」他向駕駛。

「好了，上機吧。」對方回答。

我們爬上機艙高度很低的單引擎飛機。駕駛好奇地看著我，又問：「以前坐過飛機嗎？」

「有。」

「懂得安全帶這一套嗎？」

「懂。」

駕駛拉上一道他背後的布幔，給飛機加馬力，我們慢慢滑向跑道，經過一陣抖動就升空起飛，留下跑道在飛機後面看起來似一道短短的彩虹，施警官輕扣我膝蓋，把右手食指豎置唇前示意我保持肅靜，把我的手提包放到他小腿與機艙壁之間，離開我拿得到的位置，又把小腿靠緊立，閉上眼，不久進入睡鄉。

我覺得他不是真睡，看起來他希望我去拿手提包，再當場捉住我。我回想到他一上火車就自動拿我的包，之後我的手提包沒有離過他的手。我又注意到他特別注意我的衣褲，尤其是在車上盥洗的時候。警長對我的懷疑一定不輕。

第八章　兇殺時限

葛警長在他辦公桌後面怒目地看著我說：「坐下來。」

我拉過一張椅子坐了下來，施警官遠遠地也找了張椅子坐下，把腿架在一起。

建築物之外天剛破曉，東方天邊雲彩鑲上了一條橘紅色的金邊，給沙漠更美的金黃色，但給警長臉上增加的恰是鐵鏽的樣子。室內燈光反比應有的為灰白，有霧狀。

葛警長說：「你的名字是賴唐諾，你自己說是私家偵探？」

「完全正確。」

「你替柯氏私家偵探工作？」

「對的。」

「你是昨天下午乘飛機來的？」

「沒錯。」

「你一來就惹了很多麻煩。」

「沒有。」

他抬起眉毛，諷刺地問：「沒有？」

「沒有，很多麻煩惹到了我。」他看看我，看我是不是在玩小聰明。

「你把施警官引進一場打鬥，和仙掌斑管吃角子老虎的人大打出手，又和一個姓耿的人在大街上鬧事。」

我說：「仙掌斑俱樂部的侍者揮了我一拳，他報了警。施警官只好去調查，至於大街上的事。一個傢伙無理由的攻擊施警官和我。警察十分勇敢，但那傢伙出手太快。」

我偷偷用眼角看看施警官，他在微笑，顯然他滿意打架的場面如此解釋。

葛警長另換一個方向問：「你昨天曾拜訪荀海倫？」

「是的。」

「你哪裡得來她的住址？」

「偵探社一位雇主交給我的。」

他想說什麼，改變主意，看看桌上的備忘錄，突然抬起頭來說：「耿哈雷是她的男朋友，是嗎？」

「我怎麼會知道。」

「看起來像不像呢？」

「我怕我沒有資格來做決定。」

「你是乘九點二十分車去洛杉磯的？」

「是的。」

「你好不容易趕上，差點趕不上吧？」

「誰說的。」

「你幾點鐘上的車？」

「車一進站我就上車了。」

「你說你早在車站等，車子進站你就上車？」

「正是如此。」

「賴，你仔細想一想，我們要的是真正的答案。」

「我看不出我什麼時候上車對你有什麼關係。」

「你還認為你上車時間沒有錯？」

「沒錯。」

「你不是火車快開你才趕到？」

「不是。」

「你趕到車站，不是火車已進站相當久之後？」

「不是。」

「火車一進站，你立即上車？」

「當然我先要等幾個旅客下車，這可能要一、二分鐘。」

「當時你就站在月台上，等候這些旅客下車嗎？」

「沒有錯，我就在月台上，火車旁。」

「你說你九點零五分到的車站？」

「我九點到的車站。」

「在車站哪裡？」

「我站在月台上，相當涼。」

「喔。」他說，好像抓到什麼把柄似的：「你不在車站裡面？」

「我說過在車站裡面嗎？」

他不悅地說：「你在站外等著？」

「沒錯。」

「等了多久，火車才進站？」

「沒太注意，五分鐘——也許十分鐘。」

「見到什麼熟人嗎？」

「沒有。」

警長對施警官說：「把巫家人請進來，皮爾。」

施警官走向通到甬道的門，我向警長說：「我已儘量答覆你的問題，是否請你也告訴我，這是怎麼回事？」

通向甬道的門打開，住在荀海倫隔鄰公寓的那位太太走進室來，走在後面的是她先生，他們看起來一晚未睡，臉上的表情很嚴肅。

警長說：「你認識巫先生，巫太太？」

「我見過他們。」

「你最後一次什麼時候見到他們？」

「昨天。」

「幾點鐘？」

「不太記得。」

「昨晚八點半以後，見過他們嗎？」

「沒有。」

警長問：「這位先生說他在車站徘徊，等候九點零五分的火車進站，你們有什麼意見。」

問題是由巫太太來主答的：「絕對不可能，我告訴過你他不可能先在那，他唯一能乘這班車離開的方法是死趕活趕，最後一秒趕上，火車快啟動前，我們還未離開月台。」

「你們可以確定他沒有先到那裡？」

「絕對可以確定，我們談到過他，他要是先在那，我會看到他的。」巫太太確定地回答。

「你們什麼時候到的車站？」

「我想是九點不到五分或十分，我們約須等十分鐘火車才進站，火車進站是準時的。」

葛警長對我說：「你看。」

我說：「我可以抽菸嗎？」

他非常不高興，施警官微笑著。

葛警長對巫太太說：「這人說他在車站外涼涼地站著，等候火車進站，你們在哪裡？」

「我們在站內一會兒，而後走到外面在月台上等候，我們看火車上下來的旅客，我們也看到上車的人。不是我在管閒事，只是看看什麼人上下車，我只是用我的觀察力而已，沒別的意思。」

葛警長轉向我說：「怎麼樣？」

我擦一根火柴，把火點著香菸的一端，深深吸口菸。

巫太太急於自動提供意見：「荀海倫對這位年輕人非常有興趣。假如你問我，我正好知道荀海倫為了這位年輕人，昨晚上和她男朋友大吵了一架。」

「你怎麼知道是為了他？」葛警長問。

「在我公寓聽隔壁說話清楚得很，何況他們彼此喊叫，都把聲音提得很高，他說她對這個人太好，她說要對他好也沒有什麼不可以，她又沒有賣給耿先生。耿說耿要給點顏色給她看看，說她實在不應該洩漏太多消息給賴先生。然後他用了一個奇怪的名詞——說她是什麼特別東西。」

巫先生補充了她沒聽懂的名詞：「叫她是個『抓耙仔』，也就是出賣同伴的告密人。」他不太有興趣地說。

「你聽到了？賴。」警長問。

「聽到了。」

「有什麼話說？」

「沒有。」

「你不否認？」

「否認什麼？」

「他們為你吵架。」

「我怎麼會知道？」

「你還說你在車站？」

「我告訴過你我在車站。」

「這些人證明你不可能在車站等候，不可能火車一到你就上車。」

「我也聽到了。」

「那怎麼樣？」

「他們有權說他們的，如此而已，我可是在車站等車來。」

巫太太說：「我是絕對確定的。」

施警官說：「等一下，巫太太，你到車站目的是去見乘這班車途經這裡的幾個人？」

「是的。」

「從東部來的朋友？」

「是的。」

「你們急著見他們？」

「當然，否則我們何必去車站。」

「你們很興奮？」

「不見得。」

「你們知道火車什麼時候到？」

「是的。」

「幾點鐘離開公寓？」

「九點不到二十分。」

「走到車站？」

「是的。」

「如此會比火車進站早十五分鐘？」

「沒錯，所以我告訴你，我們先到車站，要是有人先在車站，我們會見到。」

「為什麼那麼早去車站？」

「我們要確定見到老朋友。」

「你知道會在車站等十五分鐘，我看你們為了要見老朋友太興奮了。」

「期待很久是真的。」

「火車一進站你們開始找他們？」

「我們在人群中望來望去沒錯。」

「你們的朋友呢？」

「就站在車廂口。」

「你們大家就一在車上，一在月台，來個久別重逢？」

「我們是聊天，互相問候。」

「你們朋友不能在這裡住一夜？」

「不行，他們因公去洛杉磯，還有其他人團體行動。」

「你們一直聊到車站通知火車要開了？」

「是的。」

「於是他們回進車廂？」

「是的。」

「你看到火車離站，還是就走了？」

「我們走了，但是火車也立即離站了。我們出車站時聽到火車開動的聲音，我們站著看到服務員關車廂的門。」

「那是指你朋友那節車廂的門？」

「是的。」

施警官看著警長，沒說什麼話。

警長蹙眉看看我又看看巫太太，眼光又掃向巫先生問：「巫先生，你叫什麼名字？」

「羅伯，四維羅，伯爵的伯。」

「你昨天和太太在一起？」

「是的。」

「她說的每一件事你都同意嗎？」

「嗯，嗯，也差不多是這樣。」

「那些地方又不盡相同呢？」

「喔，我同意她所說的，沒錯。」

「你個人意見，會不會這位先生是在車站，而你們沒有看到他？」

「當然，還是有一點點可能性，一點點。」

我說：「我有沒有權利問一下，你們忙了半天是為了什麼？」

巫太太說：「什麼呀，你難道還不知道，他們——」

「可以了，巫太太，這裡沒你事了。」警長說。

巫太太怒視他道：「你也不必過河拆橋，我只想告訴他——」

「我會告訴他。」

「他也會從報上看到，這又不是特別機密，我——」

警長對施警官做了個手勢，警官巨大的身軀站起來，對巫家夫婦說：「好，兩位可以了。」

「讓他們回家。」警長說。

施警官對他們說：「你們可以回家了。」

「我看也應該放我們回家了！把人家半夜三更拖起來，弄到這裡——」

「叫他們走！」警長喊道。

施警官推著他們一起出去，順手把門關上。

警長看著我說：「賴，看起來對你大大不利。」

「顯然是有人被殺了，什麼人死了？」

施警官開門進入，又把門關上。

葛警長低頭看桌上的筆記本，拿支筆做了些記號，又把筆插回口袋，對我說：

「耿哈雷昨天晚上被開槍殺死，時間是九點不到一刻和九點二十五分之間。」

「真是不幸。」

他們兩個人同時注意看著我，我再也不多開一句口，也不給他們看到任何臉部變化。

「那個和他同居的女郎溜得無影無蹤。」葛警長自動說。

「那女郎和他同居嗎？」

「至少他經常在她公寓裡。」

「差別很大呀！」我說。

「耿先生被殺前不久——我們算它不到兩個小時之間好了，你去拜訪那女郎。耿先生和你不太愉快，吵了一架。你離開後，耿先生說女的愛上了你，他妒忌。他說女郎想要外出和你相會，她賭咒沒有這會事。她外出，她和你相會，耿跟蹤她，你們為女郎打了一架。我想你們說好逃離耿先生到洛杉磯見面，她可能還在你們說好幽會的地方等你。」

「我對你的推理，沒多大興趣。」

「你在辦理一件案子，你的雇主也在這裡，按理你至少還要在這裡二、三天。」

「什麼人說的？」

「理當如此，柯太太也在這裡。」

「我在辦的案子是找一個自洛杉磯失蹤的人，線索是從洛杉磯開始的，我當然要回洛杉磯。」

他沒理會我。「你昨晚突然宣佈要第一班車回洛杉磯，你離開到火車站很近的旅館那麼早，你有動機，有理由，也有機會去殺耿哈雷，你倒說說看，我這樣想有理由嗎？」

「他在女郎的公寓被槍殺的嗎？」我問。

「是的。」

「你怎麼會把時間算得那麼準，但是還有相當長的差距。」

「巫家人始終在家，直到他們去車站和車上來的朋友見面。他們離開車站也直接走回公寓。他們沒有聽到任何聲音——沒有鄰屋公寓的任何聲音。他們連吵架聲都聽得清清楚楚，當然有槍聲一定會聽到。所以槍殺發生時間，一定是他們不在家，去車站的時間。」

「除非巫家人在說謊。」

「他們為什麼要說謊？」

「也可能他們不喜歡這個姓耿的，早想等個機會做掉他。屍體什麼時候發現的？」

「午夜之前不久。」

「也許他們回家。當時耿哈雷也許在女郎的門口，他們吵起來，也許他們進女郎家找他，把他殺掉。假如你把他們也算成嫌疑犯的話，謀殺時間不就是二十點前任何時間都有可能了。」

「聽起來不順耳。」

「你說是我殺死他，我也不太順耳。」

「你在接近這女郎？」

「我在接近幾百個漂亮女郎。」

「這一個甚至為她打一架也願意。」

「我是在辦案。」

「我知道。」他用指尖摸著下巴：「你責任感很重。」

「我要接一件案子，就希望能偵破。相信你也如此。」

「當然，目前這件也是一樣。巫氏夫婦與本案無涉。換言之，兇殺時限是可靠的。賴先生，我們對你無成見，假如你和女郎說好見面，我們反正會查到的。假如只有這一點，我們就不管。事實上你我都知道，你是為此要去洛杉磯，是不是？」

「我不懂你什麼意思。」

「你安排好讓女郎在洛杉磯和你見面。」

「沒有。」

「我不相信。」

「信不信由你。你把我從火車上拉下來對你總不太好。」我說：「我只是個私家偵探，當然由不得我來告訴你怎樣把工作做好。可是你假如讓我自己去洛杉磯，另外派人跟蹤我，見到我和那女郎在一起，你就多少有了點線索。至於現在，你還有什麼辦法可以證明我去洛杉磯為的是和那女郎見面呢？」

「公平的推斷。」

「有用嗎？」

葛警長說：「另外還有一點對你不利，施警官曾問你知不知道耿哈雷住哪裡。你說不知道。」

「沒錯，我是不知道。」

「但那時你已去過公寓。」

「耿哈雷又不住那公寓。」

「他女朋友至少住那裡。」

「施警官問的又不是他女朋友。」

「太咬文嚼字了吧。」

「他問我是否知道耿哈雷住哪裡？」

「你知道他指什麼。」

「因為我知道耿哈雷女朋友住那裡，因為我沒有告訴施警官，你說我有嫌疑？」

「沒錯。」

「我覺得姓荀的女郎與此事無關。」

葛警長說：「目前放過你。」

「我可以走了？」

「是的。」

「我要回薩兒薩加夫旅社。」

「你去你的。」

「我憑什麼自己走回去，我付錢買好了票要到洛杉磯，是你把我從車上拖下來。睡也沒睡成，這損失怎麼辦？」

葛警長想了一下，冷冷地說：「涼拌（辦）。」

「我要回洛杉磯。」

「在偵查結束前，你不能離開。」

「偵查什麼時候能結束？」

「我們尚不知道。」

我說：「我會向柯白莎報到，只要她說走，我就走。」

「我反正不會同意。」

我說：「把我關起來，我就不走。你不關我起來，我有權走。能不能麻煩這位警官送我回旅社？」

葛警長說：「別痴想，一起不到兩條街距離。施警官說過你不好對付，我可——」

「廢話，我已儘可能和你合作，我可以要求你送我回洛杉磯，當我和柯白莎研究後，很可能我會提出這個要求的，目前我要求送我回旅社。」

施警官從椅中站起說：「賴，我送你去。」

警車就在大門外，上車時施警官對我微笑。

「怎麼說？」我問。

「我建議他讓你去洛杉磯，請洛杉磯警方跟蹤你，看你有沒有和那女郎會面，如此可以一下找到兩個人。否則就不要惹你。他說有可能是你殺了這個人。各方情報顯示你是頭頸細細的小傢伙。只要唬一唬就心肝五臟都會吐出來，所以一定要我把你從火車上拖起來，把你飛回來，而且一路不准我和你說話。」

我打了個呵欠。

施警官的車平穩地走在街上，停在薩兒薩加夫之前。

「你在做什麼？警官。」我問。

「你什麼意思？」

「昨天晚上八點三刻到九點二十五分鐘之間，你在做什麼？」

「我在找耿哈雷。」

「找到他了嗎？」

「滾你的。」施警官微笑著說。

第九章　父子意見不合

柯白莎正在瞌睡。她盛裝，沒鎖門。我打開門站在門口，見到她在椅子上張手張腳，頭部下垂，呼吸平穩且有鼾聲。

我說：「哈囉，白莎，睡了起來，還是在等候——？」

她突然張眼，自椅中坐起。

她的轉變是快速的，一秒鐘前她鼾聲連連每次吐氣嘴唇都吹得鼓鼓的。現在她已完全清醒，冷冷發光的眼珠瞪著我：「老天，唐諾，這是個瘋子城市，他們還是把你從火車上弄下來了？」

「是的。」

「他們告訴我，他們要弄你下來，我說他們真做了我要控告他們，你怎麼對他們講？」

「什麼也沒說。」

「你沒有令他們滿意？」

「看不出來。」

「那警官人不錯。」她說：「警長是個討厭的混球。進來，坐下，把那包菸拿給我，再給我支火柴，叫點咖啡上來。」

我給她支菸，給她火柴，用電話請旅社送兩壺咖啡，要多帶糖和奶精。

「你喝咖啡不是不加糖，不加奶的嗎？」

「是。」

「那就不必為我要糖和奶精。」

我驚奇地望著她。

「我開始感到這些東西把咖啡的味道都破壞了。」

我對電話說：「那就不要糖和奶了。送兩壺黑咖啡，要快。」

我問白莎：「這裡怎麼回事？」

「我也不太清楚，十二點三十分才知道。他們午夜時發現屍體，一定騷擾了一陣才找到我。他們要知道我們案子的詳情，什麼人雇用我們？為什麼牽涉到死者等等。」

「你告訴他們了？」

「當然沒有。」白莎回道。

「不告訴他們有困難嗎？」

「也不算太難，我告訴他們這是職業機密。要不是他們發現你去了洛杉磯，他們還會窮追這一點，我招架就困難一點。他們對你離開十分重視，他們說要用飛機追火車把你帶回來。」

「他們幾點鐘讓你睡？」

「弄了大半夜。」

「他們有沒有追到華先生身上？」

「最後。」

「怎麼會？」

「嗅來嗅去。」

「昨晚我離開這裡後，」我問：「華先生他們是什麼時候回來的？」

「怪就怪在這裡，他沒有回來。」

「你的意思，你根本就沒有見他回來。」

「沒有。」

「什麼時候又再見到他？」

「今天早上四點鐘。」

「什麼地方？」

「警方問完話後，他到這裡來，他對我們被混入這件事十分關心，唐諾，他真是好人。」

「他要什麼？」

「你什麼意思？」

「清晨四點鐘來拜訪你。」

「他要知道經過警方考驗我精神有沒有受損，他道歉是他的原因才使我們混進這種局勢。」

「說了這些之後，他又要什麼？」

「什麼也沒有，怎麼啦？」

「他有沒有很小心的提到什麼？」

「喔！他要知道我們向警方吐露了多少，我叫他不必擔心，你不會洩露任何消息。他特別說到希望你不要告訴警方案子的內容，和那封信的事。我叫他可以回去睡覺，一點也不要擔心。」

「費律如何，和他爸爸在一起嗎？」

「沒有，這是後來他父親沒來這裡的原因，費律和他父親有了不同的意見。」

「有關哪一方面？」

「我不知道，親愛的。我想像他們父子為了你意見不合。」

「為什麼？」

「費律對你特別有信心，他要他爸爸給你全權，要怎樣就怎樣去找尋傅可娜。他父親認為這太破費，只要你找到可娜離開是自願的證據，就足夠了。費律認為她可能被敲詐勒索等等。他父親表示若真如此，華家反正容不了她。費律十分激動，他們爭執，他父親就把他留在俱樂部一個人先走了。」

我想了一下說：「這大概是八點鐘，或八點過不久。」

「想像得到。」

「你沒向警方提起？」

「我叫警方他管他的案子，我管我的案子。」白莎說：「那混球甚至要問我那段時間我有什麼時間證人。我一個人在這裡等華先生，華先生恰因為與兒子吵架沒見回來——」

「他到哪裡去了？」

「他非常失望，你知道他一切為他兒子著想。因為他太傷心了，所以他都忘了告訴我他不來看我了。他——」

「他究竟到哪裡去了？」

「他哪裡也沒有去。」

「你說他回到這裡旅社又回自己的房裡去了。」

「喔！我懂得你的意思了。沒有，他沒有直接回來，他太激動了。他在外面走了一段時間，再回旅社希望能入睡。他，費律和艾先生有一個大的套房。費律十一點鐘才回來。警方發現華先生是我的雇主後，把他吵起嚴詢了一陣。可憐的人，我想昨天晚上他一夜沒好好睡覺。」

「兇殺案的詳情你知道嗎？」我問。

「什麼也不知道，他被槍打死了，我只知道這一點。」

「什麼口徑的槍？」

「不知道。」

「他們在公寓裡找到槍了嗎？」

「好像沒有。」

「沒有人聽到槍聲？」

「沒有，你清楚那幢房子的情形。那是在側街的邊上。有幾家商店僅只有這兩家相聯的住家。商店六時關門。廚房裡有人曾經翻找過什麼東西。水池下面貯櫃的門沒有關。我聽說有幾滴血在廚房門口。我是從他們談話裡連綴起來的，他們可不會提供消息給我。」

「他死了也好，」我說：「他是活該的。」

「唐諾，怎麼可以這樣說。」

「為什麼不可以？」

「他們會套住你的。」

「他們反正已經有不少資料要想套住我了。但一件也沒有真正管用的。」

「火車上應該有服務人員記得你呀。」

「沒有。」

「你的車票呢？」

「他們也沒有來收。」

「你的臥鋪票也沒有收嗎？」

「沒有，我自己上了車，爬進臥鋪，就睡了。」

「奇怪，隨車服務員應該叫醒你要車票的。」

「那是因為他沒有注意到我。」

「情況不是對你不太好嗎？」

「也許。」

白莎說：「你老說你有腦筋。你自己想辦法不要進監牢吧。重要的是我們一定要幫華先生忙。你認為這件謀殺案和傅可娜的失蹤有沒有連帶關係？」

「現在言之過早，很多人有理由要殺耿哈雷——其中理由最強的是我們好朋友，拉斯維加斯警局的警官施偉廉。」

白莎說：「別傻了，要是施警官殺了他，施會承認自己開的槍，而後做出一副英雄相。英勇警官槍殺騷擾民眾的逃犯，等等那一套。」

「當然我尚未確定，只是一種可能性而已。」

「我看連可能性都不能成立。」

「我認為有此可能。」

「為什麼？」

「老百姓不太喜歡槍手型的警察，施警官在找沙包。施警官對他十分感冒。沙包對自己拳頭十分有信心，而且從不喜歡受制於人。」

「但是施警官總是可以說自衛殺人的。」白莎說。

「嗯哼。」

「唐諾，你不可以瞞我，我說的有什麼錯嗎？」

我說：「沙包沒有帶武器，他在家裡。陪審團不太會同意這樣殺他可稱自衛。再說警官應該受過訓練對付空手的犯人。」

「但沙包是個職業拳手，他的拳頭，就是武器。」

「警官也受過訓怎樣制服沒有武器在手的人。」

「你怎樣會想到施警官有份呢？」

「我沒有。」

「我以為你有呢。」

「我只說有可能性。」

「倒說說看，為什麼有可能性？」

「警察拚命把這件事推到別人頭上。」

「推你頭上？」

「別人頭上。」

「華亞賽要我答應他，你回來要立即與他聯絡。」

「他有沒有知道施警官追我這回事？」

「我不知道。他知道你會有點麻煩。」

「好，給他個電話。」

我把電話給白莎，她清了二次喉嚨對電話說：「請你接華亞賽的房間——早，亞賽，這是白莎，喔，你這馬屁鬼！唐諾在這裡——是——太好了！」

她掛上電話，看著我說：「他馬上上來。」

我坐下，點了支菸，問道：「這樣有多久了？」

「什麼這樣？」

「亞賽、白莎的叫來叫去。」

「喔，我記不清楚。我們很自然的就彼此只以名字稱呼。你知道我們兩人有共同的經驗——那失蹤案和謀殺案。」

「費律如何？」

「我除了警方調查時見過他一下外，始終沒再見他。」

「艾先生回洛杉磯了嗎？」

「沒有，他尚在這裡，不過他要回去。」

「華先生呢？要不要回去？」

「暫時幾天不回去，給我支香菸，親愛的。」

我給她支菸，點一根火柴給她。門上有人輕敲，我去開門，進來的是華先生和艾先生。

華先生和我握手說：「這真不是我們預期的結果。」

「真的不是。」

艾先生跟進和我握手，但什麼也沒有說。

華先生站到白莎前面，向她微笑道：「我真不知道你怎能辦得到。」

「辦得到什麼？」

「一晚未睡但看起來仍能那樣新鮮有神，真有活力。」

白莎嬌羞地說：「我希望我有你講的十分之一那麼好。」

我說：「我想各位已經把自己的事，對施警官說過。」

他們點點頭。

「他現在一定在調查你們所說的可靠性。他還會來找你們的，他是個固執的人，而且是個危險的人。」

大家都沒有開口，過了一會，艾先生說：「是的，我覺得你說得對。」

「我看我們應該把事實再檢討一下——」我停下，因為聽到橡皮鞋根走在走廊上的聲音。有人敲門。我說：「打賭，一定是警方來了。」

沒人肯和我對賭，我去開門，進來的是施警官。

「請進，」我說：「我們正準備去用早餐，歡迎你參加？」

「早安，施警官。」華先生說：「歡迎一起用早餐。」

施警官不吃這一套，開門見山地說：「我要查對一些事情，特別是華先生，我看你昨天沒有把事實都說出來。」

華先生說：「我不懂你指的是什麼？」

「昨晚九點鐘，你不是在海濱路和華盛頓路交叉口嗎？」

華先生猶豫了一下，「我不知道——」他說：「我怎樣才算和你合作，施警官。你好像決心要——」

「不要拖延時間，你在那個地方？還是不在那個地方？」

華先生發怒地喊道：「沒有，不在。」

「你確定？」

「當然，我確定。」

「八點三刻到九點一刻之間，你說你沒到過那個地方？」

「沒有，晚上任何時間都沒有去過。」

施警官走回去，打開門，看向走道，點著頭。

我說：「要小心了，華先生。」

走道上響起快速的腳步聲，一個女郎來到門口。

「進來，」施警官說：「看看房裡這些人。有沒有你昨天晚上見到的在裡面。」

女郎走進來，知道她受眾目所注，裝出很重要的樣子，看起來也沒有被人從床上拖起來作證人的樣子，倒像本是習慣於這種工作，不到早上不上床的味道。臉上化妝重了一點，嘴角很硬，沒有笑容。她十分注重自己曲線，尤重衣著。她不到三十歲，但保持極好的女性美。還沒有開口，可是我已經知道她要說什麼了。

她用目光在室內半圓地掃視一下，停視在華先生身上。在她能說任何話之前，柯白莎半坐著椅子前緣開口說道：「不可以，施警官。不可以到這裡來誣陷好人。你要是想做嫌犯指認，你要把相似體型外表的人，列成一行，由——」

「誰在這裡執法？」施警官威嚴地說。

「你也許在執法。但是，假如這件事將來要鬧到法庭上去，我剛才是在告訴你，應該怎樣執法。」

「由我負一切責任。怎麼樣小姐？那人在這裡嗎？」

她舉起一隻手指指華先生。

施警官說：「可以了，出去在外面等。」

「等一下，」華先生說：「我有權要知道——」

「外面等！」

她點點頭，走出門外，雙肩向後，下頷上翹，髖部合適地兩邊搖晃，充分顯示她瞭解情況，知道應該做什麼。

門在她身後關上。施警官說：「怎麼樣？」

華先生準備要說話，我趕快接嘴：「等一下。」

他看向我，兩眉弓起，充滿疑問，好像不太習慣被人如此無理阻止發言似的。

「你已經回答過這個問題了，」我說：「你不在那裡，你不必再加什麼註解，同時——」我故意停下，加重語氣地說：「你更不可能否認自己說過的話。」

施警官轉過身來，注視我說：「律師？」

我沒有回答。

「既然你不是，」施警官警告地說：「我告訴你，我們不歡迎在本州沒有執照的律師在這裡執行任務。所以我們不准你再向任何人亂作建議，尤其對我們準備控告他——」

他突然停止講話，我說：「準備控告他什麼罪？警官。」

他沒有開口，突然轉身面對艾先生：「你是不是艾保羅先生？」

艾保羅點點頭。

「你和華先生是業務關係？」

「我替他做事。」

「哪方面的事？」

「他不在時，由我照顧公司。」

「他在時，你又做些什麼？」

「讓公司運轉順利。」

「是不是總經理之類？」

「差不多，就是。」

「跟他多久了？」

「十年。」

「知不知道一位年輕女郎叫傅可娜的？」

「是的，見過。」

「說過話？」

「應酬話，簡短的。」

「什麼地方？」

「有一個晚上，她來辦公室。」

「你知道她要嫁給費律？」

「是的。」

「你什麼時候來這裡的？」

「昨天下午。」

「怎麼來的？」

「和費律一起來的。」

「用他的車？」

「是的。」

「昨天怎麼沒有人提起你？」

艾先生平穩地看著他，自然、沒有敵對，也沒有屈服的表情，只顯出置身事外。有幽默情懷、略帶輕視。他說：「這就非我所知了。」

他有真正總經理的樣子，不止是瞭解每一細部作業，而是做決定，下達命令。他不會因外力而紊亂，也不易被嚇倒。他有主見，決定好的事會一步步做成功為止。這些個性，使他能與施警官面對面，眼對眼，僵在那裡。

施警官瞭解他碰到的是什麼了。他收起恐嚇的態度：「既然如此，艾先生，我也想知道你昨天晚上的行蹤。」

「昨晚什麼時候？」

「九點前後說起好了。」

「我在看電影。」

「哪一家戲院？」

「卡薩大戲院。」

「什麼時候進去的？」

「不十分清楚，總是九點不到一刻或更早一點，事實上現在回想，大概正好八點半。」

「留在戲院裡到幾點鐘？」

「看完整場電影，大概二個小時。」

「你什麼時候知道有謀殺案？」

「今天早上，華先生告訴我的。」

「他怎麼告訴你？」

「他說有可能他會因此多停留幾天，要我飛回洛杉磯去。」

「什麼事那麼要緊？」

「業務總要維持呀。」

「八點半到十點半在看電影有什麼證明嗎？」

艾先生說：「倒是沒什麼可證明的。」

「什麼片子？」

「一部喜劇，有關一對離婚夫婦，先生回心轉意的時候，正好太太準備再嫁，很奇特的觀點。」

「對情節還能更仔細的描述嗎？」

「恐怕不能。」

施警官說：「票根會不會正好沒丟掉呢？」

艾先生說。「也許。」他開始摸索各個口袋，自背心口袋中他拿出了好多種票根，仔細選出了一張說。「這一張。」

施警官走向電話，拿起聽筒，要了一個號碼。

艾先生說：「這樣早，電影院還沒開門呢。」

「我是要經理的家。」

一會兒，施警官對電話說：「法蘭，這是皮爾，抱歉吵醒了你。試試早起有什麼好處，難得難得……不要難過，我要請教你們戲院戲票的事。我有一張你們昨晚賣出的戲票，上面有號碼。有沒有辦法查出是幾點鐘出售的票？喔，可以。上面有——等一下，不要掛。」

施警官拿起票根，仔細看著說：「號碼是六九四三——怎麼著？是，有的有的……

二個字母，『B』及『Z』——你能確定？好，非常感謝。」

「我想……艾先生，」他向艾保羅說：「你對時間的觀念有點差錯。你再想想看你幾點鐘在看電影？」

艾保羅把支香菸在他寬大的拇指甲上敲著。「對不起，我還是堅持自己的時間觀念。」

「這些票子都有售出時間暗號。」施警官說：「戲院和旅遊事業因為戲票的退票和佣金，曾有太多的困擾，因而這裡每家戲院對什麼時候售出的票，都有不同的暗號。他們這戲院用『A』代表七點，『B』是八點鐘，『C』和『D』是九點十點鐘。第二個符號『X』『Y』及『Z』代表每十五分鐘之時距，所以票根上只有『B』表示票子是八時正到八時一刻所售出。『BX』則為八時十五分至八時三十分之間售出，『BZ』則表示售出時間在八點三刻以後，九點以前。他們用電鐘自動打碼來控制，是不會錯的。」

「對不起，」艾先生說：「我還是確定我是八點三刻以前進的戲院。」

「假如你是八點三刻前進的戲院，你也可能半途離場。」

一陣微笑自艾先生臉上升起：「警官，對不起無法滿足你的幻想。我自己也覺得很幸運，假如你調查一下昨天那戲院的時間表。戲前廣告正好在八點三刻放完，為酬謝顧客在這時候他們舉行抽獎遊戲。一張戲票號碼被抽中，我不知怎樣誤以為他們抽中的是我，就走上戲台。我知道錯了，觀眾大笑，你可以再打電話證實一下。」

「喔，真的？」施警官說。

艾先生半開玩笑，半戲謔地說：「照你的語氣——噢，真的。」

施警官說：「我會調查這一個角度，我下次再找你談。」

「那只好勞你駕，到洛杉磯來談。」

「我沒同意前，最好不要離開這裡。」

艾先生大笑道：「親愛的警官，你問問題，請你現在問，因為二小時內我就要起程洛杉磯了。」

「不接受法律管制？」施警官問。

「一點都沒有這個意思，警官。我因為你要每個有關人員留在這裡，可以接受你的詢問，所以把一個極為重要的會議改為今晚上六點到八點。我瞭解你的立場，我也不怪你。你也當瞭解，我們也有我們的工作和責任。」

「我可以給你張傳票，命令你一定要參加驗屍官會議。」

艾先生想了想，點點頭說：「我錯了，你有這個權。」

「你知道案子解決前，你是不能離開這裡的。」

「沒錯，雖然結果是不太愉快的。這件案子對你是件大事，對我只是小小的打擊，我會儘量使自己損失減小。」

「我們也可以妥協。假如我讓你隨意離開，要你回來的時候，你肯不肯自動立即回來？」

「可以，有兩個條件。一是真有必要回來，二是我業務方面放得下才回來。」

艾先生走向門口，一手握在門把手上回頭說：「亞賽，要是你同意，我十點左右離開這裡，下午我就可以在辦公室了。」

華亞賽點點頭。

「你說過你要寫一封信給那個——」

「是的，」華先生插口，好像不願意把一個商業機密洩露似的。

艾先生把手離開門把，指向桌子說：「寫張便條，只要提到你的意見，日期是上個月十六日。」

華先生起草了一張便條，簽了一個簡單的縮寫簽字，施警官仔細地看著他們動作的每一步驟。

「這裡沒有郵票。」艾先生突然說：「我下去弄幾張郵票來，樓下有個自動販賣機。」

華先生說：「不必麻煩，保羅。我有習慣帶貼好郵票的空白信封在身邊，為的就是現在這種緊急狀況。有點皺，還是絕對管用。」

他拿出一個貼好郵票的航空信封，從桌子上移給艾保羅，同時說：「寫上地址——

你知道什麼地址。」

我很快地看看白莎。想看她會不會對華先生經常帶貼了郵票的空白信封，這件事有什麼聯想。很明顯，她沒有什麼聯想。

華先生拿起艾保羅寫好地址的信封。封起來，又交給艾先生說：「保羅，要早點郵寄。」

艾先生拿起信封說：「我不知道這裡的航空信管道。即使要舊金山轉，明天也會到，你就有足夠的保障。」

施警官看著他們，兩眉蹩得很奇怪。

突然他轉頭向白莎微笑道：「柯太太，真抱歉一早打擾你，這些都是公事，我也身不由己，你向這個角度一看就不會怪我了。」

他快步走向門旁，拉開門走了出去。

我看向華亞賽。他已不再是一個慇勤，糊塗，憂心的父親，而是堅強有決斷力的男人。

「好，艾先生，」他說：「你走你的。你去洛杉磯，那邊由你全權負責，我留在這裡，事情完了再回去。」

艾先生點點頭。

「昨晚我們討論的股票，」華先生繼續說：「我願意增加到八十五元一股只要收得到我們預期的數目，你懂不懂。」

「是的。」

「聯合證券的事我不主張超過五千，法戈雖沒宣佈，但據我看有油水。不過我要最後投資，最早收手。搶一點是一點，懂嗎？」

「你的意思是告訴他們——」

「不，你聽明白了。他們會出錯，所有新公司會出相同的錯，低估了自己真正需要資金的數目。你購他股票兩千元，不久就要花兩千增資。不要理他，他們急了，我們可以討價還價。」

「控制他？」艾問。

「控制投資大眾，當然以自己利益為優先，我要在收回所投資的全部金錢之後，控制公司。」

艾先生說：「這不太可能。」

「照我規劃好的方法做是可能的。他們要求三萬五千元，問他們能不能由他們自己湊得出兩萬元來，如此我才肯投資兩萬。他們會照辦的，他們以為這資金已足夠了。」

「我懂了。」艾說。

「不要再討論這件事。」華先生指示他：「任何記者找你，都只對他們笑笑。我在這裡是為生意，要不在意地告訴他們，我正好在謀殺案發生前數小時到達這裡。這是生意旅行，這次的生意值得我乘飛機來，並且停留幾天。費律跟我來學習做生意和協助我，懂不懂？」

「對。」

「費律年輕，熱情，衝動。他在戀愛而且因為未婚妻失蹤而十分傷心，你可以想像到他的精神狀態。他暫時疏遠所有的人，包括我在內。我想這裡警方暫時也不會同意他離境，只要警方同意，他會先回洛杉磯，我想你會幫助他恢復正常。」

艾先生點著頭。

「不論什麼情況，不能讓他與記者見面。他要有出軌行動你要管制他，否則讓他憑良心做事，有緊要事情可以給我通電話。」

「你要在這裡多久？」

「我不知道，也許要久一點。」

「我想你二、三天內會回到辦公室，我不相信偵查會——」

「我可能會被關進牢去。」華先生簡短地說。

艾先生把嘴唇尖起吹出哨聲。

華先生說：「你快準備走吧，警方也許會改變意見的。」

「對我沒關係。」艾先生說：「票子的號碼指出正確的時間，抽獎對我正好有利。但是警方也太沒有道理了，總不能懷疑每一個沒有時間證明的人，也不能說每一個正在附近的人有問題。我覺得殺人案動機最重要。先查動機，再查有動機人的時間證人。」

「他是一個小地方過份熱心的警長，」華先生說：「你當然不可能期望他有大都會警方的腦子，走吧！不早了。」

艾保羅起立。向白莎鞠躬致意，和我握手。匆匆向華先生笑了一下道：「你多保重。」他把自己巨大骨架的身軀走出房門，我聽到走道上重重的腳步聲。華先生走向門邊把門鎖上，又落了閂，目的使我瞭解他要和我有特別的話講。

「賴先生，在這種情況下，你能做些什麼？」

白莎說：「亞賽，你應該完全信任我們偵探社，我——」

他甚至沒有轉向她，只用手掌向她比了比叫她不要開口。

「假如你告訴我們——」白莎說。

「閉嘴。」華先生對白莎說。

命令發得如此乾脆有權威，白莎愣住了。太出乎意外，突然出不了聲。

「怎麼樣，賴？你要多少錢？能做點什麼？」

「先告訴我，我面對的是什麼實況。施警官已知道傅可娜的事，充分證明巫家已偷聽到一切。」

他說：「那女郎看錯了，我並未到姓荀的公寓附近。」

我說：「我不認為她在說謊。」

「我也認為她沒有理由說謊，你看費律很像我，她可能見到費律。她不會故意走近去看他，她只是看到一個過路的步行人。假如今天早晨費律也在這裡，她可能指向費律，但費律不在這裡。她急著要為警方做點事，他見到我，見到很多相似的地方——我們一定要想辦法使她見不到費律。」

「她已經指認了你，她不會再回頭的。」

「最好她不回頭，你有什麼好辦法建議嗎？」

「當然，讓她多看你幾次，在她前面多晃晃，最好能和她說話，她再見到費律就一點印象也沒有了。」

「好極了。」

「費律有沒有時間證人？」

「我不知道，也是我希望你能找出的實況之一。」

「我可以讓他知道我在這一方面求證嗎？」

「不行，這是我要告訴你的。除了讓他知道你在找傅可娜之外，不要告訴他你還有其他任務。」

我說：「所有其他任務，當然是其他計費。你瞭解——」

「那無所謂。」

柯白莎站起來說：「對不起，我——」

華先生做個手勢叫她不要參與。

白莎說：「去你的這些鬼名堂。我的偵探社，決定價格的只有柯白莎，我一個人。」

他突然回復到本來的他，笑著對她說：「對不起，白莎，沒有人要爬到你頭上去。我只是提醒賴先生幾個重點，因為我們必須立即有所行動。」

白莎向他微笑。聲音中又有糖又有蜜：「亞賽，你要知道，我們對謀殺案一向比其他案件收費要高的。」

「高到什麼程度？」

白莎看著我，頭指向房門說：「好了，親愛的，你快出去辦事吧。」

第十章　指認屍體

沙漠夜晚的苦寒，因為日出的輻射一掃而空。彭家的住宅還沒有活動的跡象，強力的沙漠清晨日光使彭家粉光屋牆十分刺眼。

我坐在租來的車中，車停在彭家的對面，在街的中段。曬著尚還舒服的太陽，等候著。儘可能不讓自己瞌睡。

我試著吸菸，吸菸只能減少精神緊張，但使我更放鬆，更想瞌睡。四周的環境使我願意犧牲一切，只要能甜甜的睡一覺。我覺得外面太亮，半閉一下眼，就再也睜不開眼來。我可能閉眼了十秒鐘，或是十分鐘，但立即驚醒。我把車窗搖下，深深地快速呼吸，使血中氧氣份量加多。想一點會使我生氣的事，勉強自己清醒。

彭家門打開，出來的是彭家騰。

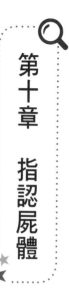

彭家騰站在自家門廊前，慢慢地做幾個伸手展腿動作。我把身子縮下，只留眼睛自前窗玻璃看著他。

他看看天，看看前面草坪，伸伸腰，又打了個呵欠。像是一個無憂無愁，與世無無爭的公務員，為政府工作，領月薪，過平靜生活，沒有稅金的問題，他小心地回進房屋。

大門關閉三秒鐘後，又再開啟，彭若思走出來。她也不上下望，也不左右看，一出來就用快速，堅定的腳步走路，足見有固定的目的地。

我坐在車裡注意她的去向，三條街後她向左轉。我發動引擎跟上去，保持距離，把車又靠路邊，這條街商店鄰比，她走進一個小的雜貨店，我把引擎熄火。

我等了十多分鐘，她出來，手裡拿了兩大袋食品。這次她只走了半條街，過去的屋子，門上有個牌子：「住房出租」。

我自車中跳出，快步進入雜貨店，買了一罐一角錢的牛奶，走進那屋子，一個婦人正在掃地。我齊胸舉起那罐牛奶笑著說：「那個剛過來帶了兩袋食品的女郎在哪裡？」

婦人停下工作，抬頭看到那罐牛奶。

「怎麼了？她掉了東西？」

「大概是吧。」

「我想她是去二號套房。」她說：「二樓，靠前面。」

我謝了她，爬一半樓梯，等待到掃把掃地沙沙聲又再響起，我偷偷溜出大門，跳進汽車，把牛奶拋向後座，開車去電信局。

「長途叫號電話，」我說：「柯氏家偵探社，洛杉磯。」

卜愛茜的聲音在接通後立即響起。

「哈囉，愛茜。今天『性』緒怎麼樣？」

「差透了。老闆身體如何？」

「你不會相信的，她現在只有一百五十磅重。」

「怎麼可能？」

「不騙你。最近還常撒嬌。」

「你喝醉了，什麼時候回來？」

「我還不知道，幫個忙。找一個辦得通的報紙，找到他們資料部門，收集所有關於一個叫薛堅尼的資料。他曾經是個拳擊冠軍，有一段時間他有希望。我要他相片，用航空信寄來薩兒薩加夫旅社。」

「你用你自己的名字？」她問。

「不錯，白莎也是。兩人都在薩兒薩加夫，另外還有件事，到人口資料局去查一查薛堅尼和什麼人結過婚，有沒有離婚記錄，用電報告訴我這些資料。」

「好，馬上辦，這裡有二個人急著見你。一個是敲詐案，另一件是撞人脫逃。我怎麼處理？」

「告訴他們除非先付定金。否則白莎無法接見，看他們是否真有誠心，假如看來是個好——」

一個女性聲音說：「三分鐘到了。」

我立即把話機拿離耳朵，很快把它掛回電話，就在我將掛未掛之時，我可以清楚地聽到卜愛茜在那端掛上的聲音。她動作老是比我快，柯白莎最不能承受長途電話的超時。她常說：「我告訴我先生各走各的路也只要三分鐘，假如三分鐘還不能說清楚心裡要說的事，就要多學學我。」

我走出電信局來到一個餐廳。要了壺咖啡，用了早餐，來到仙掌斑俱樂部，侍者告訴我孫路易下午五時前不會來上班。正當我要離開時，另一位侍者告訴我，孫路易正好在地下室，修理幾台機器。

我站在原地等候他們去叫孫路易。

孫路易上來，懷疑地看了我好一下子，才想起了我是誰。他臉上露出笑容：「哈囉，老朋友。」伸出手來。

我也向他伸出手來，但他的手不在那裡，他的人也不見了。我正睜眼要看看清楚時，他左手撥開我右手，右掌很輕但正正確確地打上了我的胃部。

「老朋友，你應該隨時多注意，」他說：「不能相信任何人呀！」

我看到他似有薄翳矇住的雙眼，被打塌過的鼻子，左側的笑容較深是因為缺了兩顆牙。

「你沒有注意到，是不是？老朋友。」

我搖搖頭。

「你想打拳，你就要機警。我可以訓練你成為一個拳手，真的可以。我教你怎麼打拳，你就可以打拳。你有天份，你有勇氣，你可以訓練，我要訓練你。」

我握住他手曾說：「有一天我會請你教我，我有話要跟你講。」

他把我帶到一個角落：「怎麼回事，老朋友。」

「我要你幫我個忙。」

「萬死不辭。你知道我第一拳打在你身上，就喜歡你。有的人你以為你喜歡他，一握手就一陣冷氣，從心裡冷出來。但是我第一次打到你下巴——說起下巴，你下巴好一點了嗎？」

「還在痛。」

「那一定的，朋友，那一定的，給我六個月時間，我一定可以把你訓練成一個超級的拳手。」

「路易，我要你幫我一個忙。」

「沒問題，我已經說過都可以，你說吧。」

「看過報紙嗎？」

「還沒有。」

「你去看一看。」

「為什麼？」

「昨晚有一個人被殺死了。」

「殺死？」

「嗯，用槍。」

路易的眼變大變圓。

「你說謀殺？」

「沒錯，謀殺。我來給你個驚奇，你猜是什麼人？」

他糊塗地搖著頭。

「昨晚在這裡玩吃角子老虎的那個男人。」

「你說薛堅尼——那個一回合殺手？」

「警方認為他的名字是耿哈雷。」

「我告訴你他是薛堅尼。他把左肩聳起保護下巴，揮出右拳，我就立即知道他是薛堅尼。那是他拿手好——」

「路易，我要你做件事。」

「是，絕對，不論你說什麼事，我都照做。」

「我要你去停屍房去指認屍體的身分。不是指認他是昨天在這裡肇事的人，而是去指出他真姓名——薛堅尼。就說是你打拳時的老朋友，到東到西去說你和他比賽過一次——」

「我從來沒有和他比賽過。」

「是一場非正式比賽。健身房安排的非正式比賽。」

「但是，我不喜歡去什麼停屍房。」

「對你有什麼害處嗎？」

「當然不會有害處，但至少一點好處也沒有。」

「好，假如你不肯——」

「等一下，我沒說不肯去，我只是說不喜歡去。」

「我不會叫你做你不喜歡做的事。」

「你知道的，只要你要我去做，我會去做，你要我什麼時候去？」

「現在去。」

他整整領帶，把上衣領子自頸後豎起，高興地笑對我說：「你說現在去，就現在去。看那玩意兒最多使早餐消化差點，但你說去，我去。我回來時你在哪裡？」

「我還會回來。」

「好，說定，等你回來。老實說，我真的可以訓練你成為一個拳手，你有本錢。」

「我會考慮。」

我答應他，看著他走過吃角子老虎排成的長巷。背後看來，他的頭和頸的確很平穩有力地豎在肩上，給人很強壯的感覺。但是我看路易另有感觸，我覺得他的入世與出世都是很艱苦的。

我晃到酒吧檯旁。酒吧侍者問：「要什麼？」

我問。「畢先生來了嗎？」

「有，在樓上。」

「我要見他。」

「姓什麼？」

「賴。」

他快快轉向背後鏡子，鏡子上插著一張小紙卡。他問：「你是賴唐諾先生？」

我點點頭。

「老闆留了張條子，你在這裡要什麼有什麼，一切免費，我昨晚未上班，不認得你。請問要喝什麼？」

「目前不喝，只是要見畢先生。」

侍者向一個男人使了個眼色。那個人自各方看來不過是個普通觀光客，在這五光十色的俱樂部沒有一定目的地逗留著。但他見到侍者的眼色，立即警覺機敏地走過來。

侍者對他說：「要見老闆。」那人用冷冷的眼光著向我。侍者在側立即加上一句：「他是賴唐諾，老闆有留條——」

冷眼立即改變。一隻帶了鑽戒的大手伸向我，那人和我熱誠地握手說：「歡迎光臨，拿點籌碼試手氣如何？」

「不要，謝謝，我想見畢先生。」

「沒問題，」他說：「請跟我上來。」

他帶我通過一個門來到樓梯口，口中說道：「賴唐諾來了。哈囉，我帶他上來——」我聽到電子鎖開啟的聲音，那人叫我自己上去，他又回向俱樂部。我推開樓梯上面的門，哈維已離座站在我前面，滿臉笑容。

「請進，請坐。」

我走進去，坐下。

「喝點什麼？」

「不要，謝謝，這裡每個人都急於要我喝點什麼。」

「那很好。我交待過要招呼你，昨天的事我們很抱歉，你很上道。你知道你可以使我們很困難。但你沒有，所以我實在感激。」

「我看得出來。」我把拇指指向下面俱樂部的位置。

「他們對你還好嗎？」

「非常好。」

「你要什麼，只要告訴他們你是誰，一切都是你的。」

「我絕不想占你便宜，我倒有個請求。」

「什麼請求？」

「我要借你一個人。」

笑臉立即改變，警覺的撲克臉說：「哪一個？」

「孫路易。」

眼光緩和下來，微笑重又顯露，過不一下，大笑聲響起。「你要他幹什麼？」他問：「供他吃飯？」

「不一定，也許他對我有點用處，借用一下會不會使你不方便？」

「不會，不會，一切請便，甚至可以完全轉讓給你。」

「借給我的時間當然由我來付薪水——」

「亂講，我給他休假三十天，照付工資，借給你用，你要他做什麼都可以，三十天夠不夠。」

「一禮拜就足夠了。」

「沒關係，你帶他走好了，他是個可憐蟲，我真不願開除他，你當然知道為什麼，他心地善良，他不害人，但是腦筋打笨了，我真要留他在這裡，早晚會給我出個大洋相的，所以我還得派人看住他，你要借他走，對我還很有利，你先借去，他回來前我還得研究研究想個工作給他回來時做。」

「他替你工作不久吧？」

「不久，事實上我不欠他情，我應該趕他出去，但我不能這樣做，他來的時候像一隻迷途小狗向你搖著尾巴，你不好意思把他踢到後街去，後街本來是他這種人該去的地方，有太長一段時間，他不是喝醉就是挨揍，也真可憐，也許把他放在牧場工作他可以稱職，你什麼時候要他？」

「也許即刻想要他。」

「他一來。我會叫他進來，親自告訴他，你要他幹什麼，或許你要保持機密。」

我瞧向他疑問的眼光說：「我要他教我如何打拳。」

「借給你了。」

他沒有再笑。一直到我離開，他還是半瞇著眼斜著看我。

第十一章　冒險出城

我用較輕但堅持的敲門聲，敲向二一號套房的門，一個女人的聲音回答：「什麼人？」聲音聽得出有點懼怕。

我沒有出聲，等候了二十秒又再敲門。回答的聲音更近門口：「什麼人？」這次明顯地聽得到懼怕的味道。

我還是不開口，這次足等了三十五秒鐘，又再較重地敲門。

「誰？」

當我想敲第四次門的時候，聽到裡面鑰匙開門鎖的聲音，而後門打開了幾寸，我用肩部一推，門就全開了，門內站著雙手放在胸前頸下，臉色灰白的荀海倫。

「你好。」我說。

「唐諾，關——關門。」

我用腳後跟把門一勾，接著用腳趾的底部把門踢閉。

「別來無恙？」

「坐，唐諾，不要這樣看我。」

我坐下，拿出香菸，給她一支，自己也取了一支，劃支火柴。

她用兩隻手捧住我的手才能將火柴湊近抖顫著的嘴唇，她的手指冰冷。

「你怎麼找到我的？」

「容易。」

「不可能。」

「你忘了？我是個偵探。」

「即使你是全市警力，這也不是易事，我對脫逃還是相當有經驗的。」

「容易和困難沒多大關係，我反正找到你了。」

「為什麼找我？」

「我要聽你這方面的故事。」

「我什麼也不知道。」

「那太不幸了。」

「你什麼意思？」

「警方不會高興的。」

「唐諾，你不會——你不會做抓耙仔吧？」

「警方自會找到你的。」

「不會，他們找不到我。」

我笑笑，儘可能做成高深莫測的樣子。

「警方跟我風馬牛不相關。」

「但是被謀殺的人是和你同居在你公寓的。而且——」

「他沒和我同居！」

「他大部份時間消磨在那裡，不是嗎？」

「有的時間在那裡，但他沒和我同居。」

「能證明嗎？」

「不能。」她說：「我不能每次上床，請個人來公證呀！」

我把香菸自唇邊移開，打了個呵欠。

「唐諾，你怎麼啦？你不會以為是我殺了他吧？」

「你有沒有？」

「別傻了。」

「總有人做了吧！」

「他活該，假如你問我的話。」

「這樣講法，警察最有興趣聽了。」

「警察，警察才不會聽到我這樣說法，我又不是傻瓜。」

「最好不是。」

「你可以用你最後一元錢來打賭我不是傻瓜。」

「有沒有不在場證明？」

「什麼時間到什麼時間？」

「九點差十分到九點過二十分。」

「沒有。」

「運氣不佳。」

「唐諾，你怎樣找到我的？我認為絕對安全。」

「容易。」

「怎樣找到的？」

「這是職業機密。」

「你是不是希望見我定罪？」

「信不信由你，我是來幫助你的。」

她臉上輕鬆了很多，她說：「我也相信你是個好人。」

「你不能再住在這裡。」

「為什麼？」

「太容易找到你了。」

「我真不相信會有人可以找到我，一千年也找不到。」
「他們會在一千分鐘內找到你。」
「你有什麼建議？」
「我能把你送出城。」
「怎麼送法？」
「暫保機密。」
「什麼代價？」
「只要知道事實真相。」
「你真的要幫助我出城，唐諾？」
「是正在考慮這樣做。」
「冒這個險？」
「我要有交換。」
「什麼可交換？」
「消息。」
「如此而已？」
「如此而已。」
她撇嘴說：「我從未見過你這種人，告訴我，警方是不是在找我？」

「你想呢？」

「他們為什麼不花點時間去找真正的兇手？」

「他們是在找線索。」

「我能幫他們什麼？袖子裡抖不出他們要的線索來。」

「這是你與警方之間的事，假如你不告訴他們你知道的一切，你的情況可能不太妙，你是見到耿哈雷活著的最後一個人。」

「絕對不是，打架後就鬧翻了。」

「就沒再見面？」

「我逃進巷子，沒多久他就追來了，他抓住我手臂一起跑到巷底，巷底是鐵絲網，他抱起我讓我翻過去，他自己也翻了過來。」

「之後呢？」

「我們等著，等警察跑過，我們躲在暗處，聽到他們聲音，看到手電照射，聽到他們問話，很多人跟在警察後面，但我們溜掉了。」

「爾後呢？」

「爾後我告訴他，他沒有權管制我，我非拆夥不行，他也知道已無法挽回我的心。」

「他揍你了？」

「沒這種事，他求我，向我懺悔，保證以後不發生同類事件，告訴我他控制不住自己，因為他愛我，因為他妒忌，他說他現在懂了，他以後不再干涉我的私生活。」

「你感動了？」

「我不理他，走了。」

「他怎麼樣？」

「他跟我走，我回頭告訴他他再跟我，我就給他顏色看。」

「威脅他要叫警察？」

「當然不是，警察跟我走不到一塊去。」

「威脅他要喊叫？」

「沒，我反正只告訴他，要給他顏色看。」

「你心裡想的是哪種顏色？」

「我自己也不知道，只是受夠了。」

「謀殺他？」我問。

「當然不會，我只是要他不要管我。」

「但你威脅他，要給他顏色看。」

「沒錯。」

「給他顏色看，與要殺他有差別嗎？」

「我告訴過你，我自己也不知道什麼意思，我只是趕他走，我有點瘋了。」

「想想看，說這句話時有沒有人聽到？」

「沒有。」

「你們爬過鐵絲網？」

「是的。」

「你怎麼回到街上的？」

「我沿圍牆，見到一個有光的彈子房，穿過到後門，就到了街上。」

「彈子房裡有人？」

「有。」

「在玩撞球？」

「是，二、三個人在玩。」

「他們有沒有仔細看你？」

「相信有。」

「他們會記得你嗎？」

「我想會的。」她聲音聽得出有一點擔心說：「他們看我的樣子，假如我膝蓋上有個痣，他們也會記得二十年的，這樣回答你滿意了嗎？偵探先生。」

「那裡的樓上是什麼？那一帶附近會有房屋出租或是旅館嗎？」

「我不知道。」

「有沒有注意，二樓有窗戶或燈光嗎？」

「沒注意。」

「樓上要是有燈光，你會注意到嗎？」

「不見得，那時我太生氣了，一生氣什麼都疏忽了。」

「再談談耿哈雷。」

「不要，唐諾，我要離開這裡，你有沒有辦法使我離開這裡？」

「有。」

「我該怎麼辦？」

「完全照我辦法做。」

「要多久？」

「二、三個禮拜。」

「才可以跑掉？」

「一半為此，另一半算付我的工資。」

她疑心地望著我：「我是買賣條件？」

「不是買賣條件，是商業協定。」

「你要我做什麼？」

「我想你能幫助我。」

「做什麼？」

「解開一件我正在工作的案子。」

「喔！那件事。」

她說。我把菸灰彈掉。

「好，」她突然說：「我們什麼時候開始？」

「你整好行裝就走。」

「我行裝早整好了，我走得太匆忙，沒帶什麼東西。」

「沒帶箱子？」

「只有隻手提袋。」

「你什麼時候拿到的？我的意思是你什麼時候回公寓拿手提袋的？」

「你真想知道？」

「早晚總會知道。」

「那你自己去找出答案好了。」

「彭若思怎麼樣？」我突然問。

「彭若思？是誰？」她回答。

「你認識她多久了？」

「她住在哪裡？」

「本城。」

「本城？她做什麼的？」

「她哥哥是水壩的一個工程師。」

她搖搖頭：「我不認識她。」

「她，」我說：「就是那個紅頭髮，鼻子像兔子，你和她常在仙掌斑一起玩的女孩子。」

「我不知道你指哪一個。」

「不認識這樣一個人嗎？」

「不認識，我也許消磨時間和別人一起玩玩，但我沒有一個朋友像你所形容的人，多少年紀啦？」

「喔，二十三，二十四歲。」

她搖搖頭。

我說：「好，準備好隨時走。我們可能會走得匆忙點。」

「可以，沒問題。」

「另外一件事，我們旅行的時候，當然不能引起別人的注意，有的時候——有的時候你必須——」

她笑著向我：「兜了半天圈子，終於你還是露出馬腳來了，是不是，唐諾？」

我說：「是的。」站起來，離開。

第十二章　唐諾辭職

柯白莎，因為我敲門，在裡面答道：「什麼人？」

「唐諾。」

「進來，親愛的，門沒有鎖。」

我開門過去，白莎背對著全身衣鏡，自左肩向後望向鏡子，看自己的背影。

「怎麼啦？」

她生氣地對我說：「我在看我自己，沒有見過女孩子自己看看裙子？有什麼大驚小怪的？」

我走向一個椅子，坐下，白莎繼續自不同的方向看著鏡中的反射。「你看我幾歲了？」她突然問。

「我不知道。」

「猜猜看。」

「不想猜。」

「老大，你一定有過概念，人總會對別人有個概念別人大概幾歲，你第一天看見我想我是幾歲？——不，不，不要回答，你看看，看我現在大概幾歲？」

我說：「我沒有概念你幾歲，我也看不出你幾歲，我來告訴你，我不幹了。」

她把頭突然轉回來，冷、硬的眼光刺向我的眼，她疑問地說：「不幹了？」

「我就是這樣說的。」

「你怎麼能不幹呢？」

「為什麼不可以？」

「為什麼——為什麼，你正在辦一件案子，你正在——為什麼？我沒有你怎麼辦？」

「你會克服一切的，你那一次說過，在你雇我之前，你能合法地經營一個私家偵探社，自從你雇我之後，你總是在水深火熱中混。」

「你為什麼要不幹？」她問，走過來坐在看得到我的地方。

「我要離開。」

「離開？」

「是的。」

「去哪裡？為什麼？」

「地點還沒決定，我在戀愛。」

「戀愛也用不到辭去工作呀。」

「這樣對大家都好一點。」

柯白莎帶刺地說：「人們都會戀愛，但都能保持他們的工作，很多人結了婚，還不是要工作，不要問我他們怎能兼顧，因為我不知道，但他們兼顧了，男人是要養家活口的，有人甚至因為養不起家遲婚，雖不自然。但也是實況，統計數字也看出來，現代人結婚較晚。」

「我知道，」我說：「我要辭職。」

「你怎麼撫養這個女人？」白莎問：「還是她帶了錢來的？」

「我們會想辦法的。」

「賴唐諾，你聽著，你不能在這緊要關頭離開我不管。除此之外，你也不見得真在戀愛，你不過見到一個賤貨給了你一個迷眼，老天爺！要是你知道女人像我知道那麼多。你就一輩子不想結婚了，不要自己騙自己，她們要的是飯票，她們不要做老處女，她們是獵手，唐諾，她們都不值得你為她們犧牲——」

「這個女人和她們不同。」

「喔！當然，當然她不一樣。」

「真的不同。」

「那她為什麼不讓你保持你的工作？」

「因為她不喜歡警察，她不喜歡偵探，我繼續做偵探她就不會愛我，即使是私家偵探。」

「做私家偵探有什麼差？」

「有人有偏見，如此而已，這個女孩在另外一邊太久了。」

「她是哪一個？」

「你不會認識她的。」

「她到底是誰？」

「她是好女孩，她就是沒有遇到好機會，她——」

「她是誰？」

「她有一個公寓，耿哈雷的屍體就發現在她公寓裡。」

柯白莎深深吸口氣，兩手交疊放在膝蓋上，慢慢地吐氣搖頭。「我服了你，」她說：「我對你真是沒有辦法。」

「找個人接替我的職位就好了。」

「唐諾，你是玩真的？」

「當然。」

「你知道你現在在做什麼？」

「當然。」

「你知道你正在辭去你的工作，想和一個專偷吃角子老虎為生的女孩鬼混，再說她和那名譽破產的拳手才混完。」

「我們不談她。」

「不要騙你自己，她喜歡的是你的薪水支票，你一旦失業她跟你跑才怪。」

「不會，她不會，你看，她知道什麼人謀殺耿哈雷。」

白莎說：「我再勸你一次，你——她知道什麼？」

「什麼人殺死耿哈雷。」

「怎麼會？」

「她和耿是合夥人，當然他什麼都告訴她。」

「合夥人？」

「是，合夥人——只是商業合作而已。」

「嗯！合夥人。」白莎說：「他住在她公寓裡，只是商業合作，她純潔、甜蜜，不肯嫁給私家偵探。唐諾，你真昏了頭，只因為他們是合夥人，耿哈雷什麼都告訴她；我想是耿哈雷死了之後託夢告訴她。」

「拜託，不要老牽到她。」

「我只是要你清醒，不到半年你就會後悔來不及。」

「我不以為然。」

「等著瞧。再說這個女人如果知道什麼人殺死耿哈雷，她最好能早點說出來，據我看是她自己殺的耿哈雷，至少屍體是在她公寓裡。」

「請你把我應得的開張支票，多講也沒有用。」

「開什麼開！開支票也要等你清醒的時候開，你昏頭昏腦的時候我不會給你錢，你瘋的時候更不給，再說我們還找不找傅可娜了。」

「你可以另外找人接辦，找一個更有經驗，更想工作的人繼續找。」

柯白莎說：「我總有點懷疑，耿哈雷的死和傅可娜失蹤案有關。」

我說：「荀海倫是個好女孩，她完全不知傅可娜的事。她知道謀殺案案情，她不肯做告密的小人，這是為什麼我要辭職，否則她不會告訴我，我為你工作，我就對不起她，我背叛了她對我的信任心，這也違背我的原則。」

「唐諾，你真的瘋了。」

「沒有，我在戀愛。」

「戀愛不一定要大腦痲痹，你不必——」

有人輕叩房門，白莎說：「請進。」

房門打開，華亞賽站在門口。

白莎說：「哈——囉，亞賽，請進，請進。」

他說：「我想你也許願意上街晃晃，玩玩輪盤什麼的，不要整天工作忘了娛樂，喔，這是套新衣服。」

「是的，現成的，竟然合身。」

「我看是合身，穿你身上很好看。」

「我從未想到過，這一生還可以穿成衣。」

「你本來就是個衣服架子，穿什麼都會合適，你身材很好，有合理的比例。」

白莎愉快地說：「馬屁精。」

「不，我倒是真心的，要不要上街，小小賭一賭？」

白莎說：「你曉得我碰到什麼了？」

「不知道。」

她說：「唐諾要辭職，你相信不相信？」

「辭什麼職？」

「不再為我工作。」

華先生看著我，但向白莎發問。「什麼時候開始？」

「現在，」我說：「馬上。」

「為什麼？」華先生看看白莎，又看看我。

「他戀愛了。」白莎說：「對象是——」

我站起來走向門口。「假如你要討論我的私生活，」我說：「我不在場，你可以少點顧忌，你如要講那女孩壞話，我不要聽，你的腦袋不會瞭解她的好處。」

我把門自身後關上，走向走廊，足足走了六步，聽到門突然打開，而後是白莎的聲音說：「亞賽，讓他走，你救不了他，他一旦決定。不可能——」關門聲打斷了聲音。

我走回仙掌斑，孫路易尚未回來，我又到電信局說：「我叫賴唐諾，我在等洛杉磯送到薩兒薩加夫旅社的電報。」

「請等一下，」職員說：「我來查一查。」

等了二、三分鐘，他出來說：「有，剛巧收到。」

「能不能這裡給我，省得你們送去旅社？」

他看看我，問道：「有什麼身分證明嗎？」

我給他一張偵探社名片。

他看了名片，打開抽屜，把名片丟入，把電報給我。

電報來自卜愛茜，電文說：

薛堅尼資料已航寄。一九三三，十二月十四與胡依娃結婚，無離婚記錄，另有人曾調查相同資料，想係他社受雇調查胡女。飲食習慣改變起因生理需求，勿使下跌太快，會導致反彈。

我將電報放進口袋，步行到仙掌斑等候，樓下管事要送我一把籌碼試試手氣。並希望我千萬不要客氣。我告訴他我只是在等孫路易，而且喜歡隨便晃晃看看。

十五分鐘後，路易回來。

「一切順利嗎？」我問。

「要看你什麼叫順利，這些人笨得像牛。你知道怎麼著？我一開口，他們就想推在我身上。」

「推什麼在你身上？」

「殺死薛堅尼。」

「瘋了？」我說。

「他們是瘋狗。」

「怎麼想得出來的？」

「那是堅尼沒錯。我認出是他，他們要我說我怎麼知道是他。他們認為即使我和他賽過一場，不見得會在陳屍台上還認得出來。我就告訴他們，不只挺在那裡我認得他，而且前一晚，他活生生的時候，我就認出他。你以拳為生時，你注意其他拳手的小動作，你記得一次就終身不忘。這些蠢牛要知道昨晚的一切，但一知道昨晚在這裡的一切，他們立即說我對他有恨意，因為他幾乎使我失業。而且老闆會對我印象不佳。他們又問了畢先生很久，當然用電話，特別注意我有沒有說要報復。」

「老畢怎麼說？」

「他說我有點神經，叫他們不必當真。你能想得到嗎？孫路易？有神經？」

「之後呢？」

「他們把我帶到局裡，當我犯人看，說我可能殺了他。最後大概他們相信了我的話，讓我回來。兇殺案發生時，誰都知道我都在這裡上班。」

我說：「我才和畢先生談好，他給你三十天假期，你把我訓練訓練好嗎？」

「訓練拳擊？」

我點點頭。

他的眼睛亮了起來：「一句話，我真能改變你。你有天份。你想進拳擊圈。」

「不是，只是想對拳擊多知道一點。」

「那很好——但是——」

「路易，一切都已講好，你薪水照拿，你不損失任何東西，回來時職位仍在。」

他說：「我就在這裡教你。我們在地下室佈置一個場地，我每天訓練你一點。」

「不，我對一切都有點疲憊了。我想脫離現有的一切。我們離遠遠的，建立一個訓練營地。也許到雷諾附近找個地方，另外還有一位女孩和我們一起。」

「一個女人？」

「嗯哼。」

他看著我，眼皮搧呀搧的。用缺了兩個牙的嘴笑著說：「什麼時候開始？」

「立即開始。」我說：「我去買輛適合這種場合的中古車，我們可以悠閒地一路露營過去，花費不了多少的。」

「喔，」他說：「好極了，露營我最內行，我另外有個絕活，野炊我最在行。」

我說：「你準備一下，我們必須匆忙一點。我有一個感覺，我們要不快走，警方會不讓我們走。」

有一陣子他眼中露出恐懼，他說：「我還不能立即走，我有些手套。但那都是輕的一種，訓練時要用重一點的。我們也要一個沙袋，我離開洛杉磯時把我的賣了。我們只要花——」

「我們去雷諾買。」我告訴他。

第十三章　沙漠露營生活

我知道白莎會在旅社等我，所以我就不回旅社。我平時積下的錢都是旅行支票形式，我買了一輛很舊的中古車，買了羊毛襯衣、套頭毛線衣、皮外套、鋪床用品、野炊用品和罐頭食品。下午三時三十分已準備就緒可以上路了。

我們離城的時候像一群標準的遊蕩難民，沒有人會要阻止我們。甚至有一輛警車還給我們揮揮手。

我們以每小時三十七哩速度離城。

快近黃昏，我找到一條橫交道轉彎駛向沙漠。三數百碼後我把車靠邊離開公路，經過一棵棵高低相同的山艾樹，選了個風積平沙地停車。

「這裡如何？」我問孫路易。

「妙得很，朋友。」

荀海倫一聲不作下車，幫忙把應用東西搬下車來。

「毯子倒真多？」她對我說。

「我們會需要的。」

「鋪兩個床、還是三個床？」她眼看我問。

「三個。」

「好。」

她在沙漠地上鋪床。路易把汽油爐自原裝的紙盒打開，架起來，灌滿汽油，不多久藍藍的火焰上已坐著一壺咖啡了。

「我做點什麼？」我問。

「不必動手。」他說：「休息一下，你是一家之主，對不對？」他看向荀海倫問。

「對。」

「晚飯做好後，我怎麼稱呼你來吃飯？」他對她笑著問。

「海倫。」

「好，我是路易。吃角子老虎的事請你不要放在心上。」

「一點也沒有。」她說。向他伸出她的手。

他握住她的小手，又笑了一次說：「我們會處得好的。」

他開始工作，拿出鍋、盤、罐頭，做晚餐。他動作不快，但是沒有不必要的動作，他真的知道怎樣野炊。

海倫和我不止一次希望能幫一點忙，但都被他趕走。他說：「這又不是宴會，我們也沒有桌子，不須鋪桌，也沒有太多水洗盤子，根本也沒有太多盤子，不過味道一定好。」

過不多久沙漠的風吹過來一陣豆子的味道，有蒜的香味和油炸洋蔥的香味。

「路易，什麼東西那麼香？」

路易高興地說：「那是我自己的專利發明。你把洋蔥切細，加一點水煮乾，加點油炸一下，加上蒜泥，開罐豆子，最後再加點糖醬；那玩意兒味道好，吃下去頂餓得很。」

海倫和我平坐在毯子上看著西天落日，是一位偉大的畫家用光彩的顏料及看不到的大筆，在天大的畫布上作畫。路易給我們一人一盤冒著熱氣的食物。他說：「我們在沙漠露營，吃飯要一盤到底，一個人一餐只用一隻盤子，而且每人要吃到盤底。」他自己不斷地笑著。

我們大家吃飯，不知什麼原因，食物好像是我數月來最有味的一餐。吃完了盤中的豆子，我還用法國麵包把盤中剩汁沾起來吃。

海倫歎口氣說。「唐諾，我真高興你想出這種旅行法。這是我一生最好吃的一餐飯。」

落日及餘暉都消失很快。一會兒穹蒼滿佈星斗。

海倫說。「我來洗盤子。」

路易說：「像你這種好的女孩子怎麼懂得在沙漠中怎樣洗盤子。你沒有戶外生活過，這裡沒有水，你看我，看我怎樣洗盤子。」他把盤子拿起，走到汽車前十多碼的地方放著，把車前燈開亮，蹲跪下去，用手把沙捧起撒在盤子裡，開始用沙擦盤子。一會兒沙把盤中油膩完全吸收，盤子變得乾乾淨淨。路易又用滾水沖盤子。每隻盤子只用一點點水，把餘沙沖掉即行，盤子變得雪亮而且是乾的。

「完工，」路易神氣地宣佈：「比一缸水洗得還乾淨。現在我們把它豎在保險櫃上，準備明天早餐用，你預備幾點鐘睡覺？」

「我會告訴你的。」

「我看我先去鋪好我的鋪。」

「不需要了。」海倫說：「你看我不是鋪好了三個平排的鋪了嗎？」

路易想了幾秒鐘說：「喔，好。」

我們大家坐在毯子上。

「來個營火如何？」路易建議。

我說：「有人可能會沿大路找我們。」

「你說得對，來點音樂如何？」

「你有收音機？」我問。

「更好的。」路易說。

他自袋中拿出一隻口琴，愛護而輕輕地在手掌中敲了敲，湊向嘴唇。

完全不是我初起想像中的演奏。我以為一定是甜蜜家庭一類的口琴老調。但路易會吹各種曲子。口琴中飄出來的音樂有沙漠夜晚平靜安寧的特種情調，和這裡的黑暗，星光及寂寞的沙漠混成一體。

海倫在我身旁靠著我的肩，我一隻手挽著她的腰。我感覺得到她平靜有規律的呼吸，她臉頰的溫暖，也可聞到她頭髮上傳來的芬芳氣息。她握住我的手，瘦小柔軟。偶而我會覺到她深呼吸一下，長長嘆口氣。

夜尚還溫暖。一小時之內有過二次公路上有汽車經過。車頭燈自一個方向過來又消失在另一方向，照射出奇怪的影子，留下紅色的尾燈再慢慢消失。但一小時之內，只有兩次，其他時間只有黑暗的沙漠及孤獨的我們。

路易給我們的音樂確有風琴的效果。原因當然完全來自環境因素。沙漠、星星、黑夜。但是以路易這種外表的人來說，這是不可能發生的事，我覺得他夠格被稱為音樂家了。

過了一會，路易停止吹奏，最後一個曲調在黑夜漸漸消失。我們坐著不動，不遠處只有我們那輛汽車及山艾樹的陰影。地平線以上，什麼也沒有，我們靜靜享受這份安靜。

海倫半耳語似的說：「這裡離開天堂近一點。」

她現在已不再緊張，頭的全部重量都靠在我肩上。

微風自沙漠中吹來，很微弱的風，但是冷得厲害，風到之處溫暖立即消失。其實不能稱之為風，只是空氣在移動。海倫靠我靠得更緊，把膝蓋縮起來壓到我的大腿上，又一陣風來的時候，海倫全身起了次抖顫。

「冷起來了。」路易說。

「該睡了。」海倫宣佈，「我睡邊上，你睡當中。」

她移向她的毯子，脫去她的外衣，沒有亮光所以一切朦朧，但星光已足夠看到除去外衣後她的曲線。我大模大樣地欣賞，一點也沒有自責。我覺得是在看一件自然的傑作。她鑽進毯子，在裡面扭動把內衣脫下，穿上睡衣。坐起來把睡衣領子的釦子扣上。

「晚安，」她說。

「晚安。」我說。

路易稍稍有點窘，沒開口，假裝認為她的晚安是向我一個人說的。她用手肘撐起半個身子說：「嗨，路易。」

「什麼呀？」

「晚安。」

「晚安。」路易咕嚕著。

我們等數分鐘，等她舒適地睡妥了之後，脫下外衣就穿內衣鑽進海倫給我們鋪好的毯子。

我不知道晚上會冷到什麼程度，鼻尖反正越來越冷。天上有一顆星正好垂直懸掛在我的上空，我在想它會不會掉下來，掉下來又會不會壓到我。突然我張開眼，一大堆星星展現眼前天上，沙地很硬，肌肉不太聽使喚，空氣又冷又新鮮，把肺中陳年累月的濁氣洗得乾淨，我再閉上眼儘量放鬆自己。

我只醒回過一次，那是在天快亮的時候。太陽要出來的方向藍灰色的雲彩鑲一條橘黃色的金邊。左邊有海倫輕輕有韻律的呼吸聲，右邊是路易的鼾聲。我把脖子再縮下一點，又進入睡鄉。

我再醒來時，太陽已在地平線之上，山艾樹和窄葉灌木的影子比它們本身長得多。左邊毯子不斷在抽動，我知道海倫在穿衣服。路易在汽車旁，爐子前蹲著，空氣中已有咖啡的芳香。

世界上再也沒有其他什麼場合可以使你精神更好，肚子更餓——乾燥，清涼，新鮮的空氣中你睡飽醒來，咖啡在等你。

荷海倫纖瘦，有精神地自毯子中出來。晨陽照著她的臉變成橘色。她看見我在看她，很自然地說：「早，唐諾。」

「早。」我說。

路易聽到她的聲音，回過頭看看，急又轉回。

她有趣地看向他說：「路易，早。」

「早安。」他自肩部回頭對她說。

她整理一下服裝說：「我可以天天過這種生活，一輩子也不回都市去。」

她站著面向東方，雙臂伸向太陽又展開，慢慢地坐下把鞋子穿上。

路易說：「每人半盆水，不准多用，五分鐘後開早餐。」

我們刷牙，洗臉，坐在毯子上。路易給我們炒蛋、咖啡和很好的醃肉。醃肉的確炸得很好，脆而不易碎，有點果仁的味道。他架起了一堆小營火，木柴已變了炭。炭上架了一道鐵柵，鐵柵上烤著塗了牛油的法國麵包。

早餐又好吃又吃得多。我好像不再需要拳擊訓練。現在已經可以用空手打倒世界上所有好手了。

早餐後我們坐在一起，吸著菸，享受晨陽的溫暖。我們三個人抽完了菸，我望望路易，我們兩個望向女孩。她點點頭，我們同時站起，把毯子捲起，拋進老爺車。什麼人也沒開口，我們根本不須開口。

半小時後，盤子也洗好了，用具都已裝載，我們再次出發。引擎聲音很響，而且雜音也多，車子還是可以給我們固定的三十七哩時速前進。太陽已高昇，車子影子漸短，溫暖漸漸轉變為酷熱。右後輪胎刺穿漏氣，路易和我把備胎換上。我們一點也沒有因此感到苦惱。我們不緊張。我們不在趕時間。每件事都可以輕鬆為之。與我平時必須拚命爭取時效為白莎賺取鈔票完全不同。世界上所有時間都是我們的。我們還多次停下來看景色。

這一天我們都在車上。晚上露營，又次日的中午到達雷諾。

路易說：「目的地到了。老闆，有什麼吩咐？」

老爺車僕僕風塵，我也急需修臉，路易下巴已成黑色。我們三人都被日曬而且風沙滿身，但精神都不錯。

「找個汽車營地。」我說：「洗個澡，再決定下一步。」

我們找到一個汽車營地，老闆娘給我們一幢房舍有兩個房間三張床。我們分別沖了涼，路易和我兩人修了面，我單獨出來探勘一下，把他們留在房內。

我打問號台看薛堅尼太太有沒有電話。沒有登記。我一個一個旅館用電話問有沒有薛堅尼太太住店，也沒有。我用電話問水電煤氣等公司，他們不肯提供此類消息。

我回頭去接了他們兩人，重新要找個合適的住處。

近晚時終於找到了理想的地方。離城七哩之外一個男人經營一家加油站。他本擬兼營個汽車修護廠，但因為資金不足，所以現有的是離開公路一百碼處一幢大平房。

我們買了很多吃用的東西當晚遷入。路易用口琴吹奏，我和海倫跳了一會舞。廚房裡有一個燒木頭的火爐，我們讓它燒得很旺，整幢房子全靠這個火爐保持溫暖舒服。

路易一早把我叫醒，他解釋跑步訓練開始。

海倫看到我睡態畢露，笑道：「好好享受。」轉身又睡。

我穿上球鞋，緊緊腰帶，喝點熱鹽水，和路易跑進寒冷的清晨。太陽也才起身，空氣冷得經過薄薄衣服直刺皮肉。

路易見我在發抖說：「一會兒就好，你身體需要出點汗，來，跟我跑。」

他開始跑得不快，我跟在他後面，一、二百碼後，就不再有冷的感覺。

我才知道這裏海拔相當高。我的肺有缺氧的反應。路易還在繼續努力，我們跑上路面，球鞋的聲音變成單調的拍——拍——拍。

「再跑多久？」我問。

「不要出聲。」他自肩後回答。

我緊跟著，腳越來越重。我們跑得不快，我還能呼吸得過來，只是實在太累了，太累了。

又跑一段時間，路易突然停下，用訓練專家的眼光看著我說：「好，我們走一會兒。」

我們輕快地走著。吸進大量清冷新鮮的空氣，腳雖已累極，但不同的運動方式反使肌肉舒服一點。

幾分鐘後，路易又開始慢跑，我跟在後面，我們租的房子在四分之一里之外，感覺上花了一小時才算跑到。

路易沒有太用力。除了呼吸較深外，沒有影響。

「把肺完全開放，試著把氣吸到肺的底部，你還有很多肺泡沒有利用。這也是基本要訓練的，自己已有的要充分利用。」

他拿出一雙汗漬的手套，套到我手上。

「最易騙過人，」他說：「最困難擊出，是真正的直拳。現在我們先來看左直拳。」

我用左手擊出一拳。

他搖搖頭：「這不是直拳。」

「為什麼？」

「因為你擊出這一拳時，你的肘部離開身體太遠。是從外面跟了拳一起升起的。在出拳之前你要把肘部緊靠身體，先是左拳，再來右拳。」

我又試了一次。路易看得仍不是味道，但很有耐心地說：「把右手手套給我，我給你看點東西。」

他給我示範，他給我解釋，而後一直令我打左直拳到我左手抬不起來為止。

他說：「不算好，也不算壞，但你會有進步的。現在我們試右拳，你打右拳的時——」

窗裡睡意很濃的一個聲音慢慢地說：「不斷的對打，會不會比現在這樣容易一點，路易？」

我看向臥室的窗，荀海倫雙肘靠在窗檻上，還穿著睡衣，很有興趣地在看著我們。

路易一本正經地說：「這個人還不堪一擊。荀小姐，也許他會為你打一場。」

「省省，」她說：「我喜歡眼上有黑圈的男人。此外我還先要刷牙。」

她離開窗口，路易轉向我。拉開口笑著。他的缺齒變成黑的空洞。「女孩真好，」他說：「朋友，她真是個好女孩。」

我點點頭。

路易思索地看著我，好像要說什麼又怕我會反駁他似的，但對他來說很難找到達意的言詞，最後他說：「朋友。你知道我的立場，我是你的朋友。」

我點點頭。

「你做什麼我都支持你，不論做什麼都支持。」我又點點頭。他衝口而出道：「那就不要因為我不好意思，你要做什麼就做什麼。來，把手套捋緊，我們再來，一——二，一——二，一——二。」

我們收工的時候我已累得不能動了，出汗也太多了。路易對我說：「不可以用冷水洗澡，朋友，冷水對皮下有油的人沒有關係。即使如此，出汗之後用冷水仍舊有害無益。你用溫水淋浴，也不可用熱水。比皮膚溫度熱一點點就行了。先用手試試，也不要淋太久，多用點肥皂，肥皂沖去後把水再變冷一點沒關係。洗好立即用乾毛巾擦。多擦一下活活血。躺到床上去，我會接手再給你好好活活血。」

我淋了浴，屋主供應毛巾太薄了，還沒擦乾身體一半，毛巾就濕了。

路易在我房間等我，我伸手伸腿地倒在床上。他拿出一個瓶子，倒了一些瓶中的液體在手上，我嗅到酒精和草藥的香味。路易開始工作，他在我全身擦抹、敲打、輕捶重擊，又一次一次重複。

我覺得十分舒服全身放鬆，但不想睡。全身肌肉中有新血流動，連皮膚也變緊一點。

自廚房傳出鍋碗的聲音。路易輕呼一聲，跑向廚房，打開廚房門說：「喔，我是這一家的廚師。」

海倫高聲慢吞吞地說：「你本來是廚師，現在因為你升格為訓練師了，早餐由我負責。」

路易回到床邊。「了不起的女孩。」他說。把手指壓到我脊柱兩側的肌肉繼續他的工作。

路易花了半小時做完他認為我需要的按摩工作。我穿上衣服，有點累但並不想睡。海倫已把桌子鋪好，早餐有葡萄柚、咖啡，烤得全黃的吐司，厚厚的火腿及荷包蛋，還烙了些餅。

我感覺餓，但是吃了東西還消除不了餓的感覺，我猛吃猛吃直到胃再也裝不下為止。

路易讚許地看著我。

荀海倫說：「你會把他弄肥了。」

「胖不了。」路易說：「他能量消耗得厲害，所以只好從食物中來攝取。他一分肥肉也不會加多。他會變很結實。」

她看著我說：「為什麼突然對自衛藝術有興趣了呢？」

我說：「我被別人修理的次數太多了。」

「所以你辭了職，請了教練，跑步、打拳、按摩，想要打別人了？」

「差不多。」

「你想要辦的事，都是全力以赴，沒有妥協兼顧的。」

「沒有的。」

「總有些事，也不一定能全如願。」她說。

路易說：「吃完早餐你什麼事也不做，你給我坐在那裡休息一個小時，讓食物消化，一點工作也不要做。」

我的一生還很少有吃了一餐不須立即工作的機會。我什麼也不做，儘量放鬆自己。過了一小時，我宣佈我還有工作要做。路易說應該做呼吸訓練及腦殼訓練，我堅持有事進城。

海倫說我們尚缺些雜貨，列了張單子給我。路易自動願意跟我去辦貨。海倫決定留在家中再整理一下。

進雷諾城路上路易都在談她。「非常了不起的女孩，」他說：「踏破了鐵鞋也不見得找得到第二個，不要糟蹋了。」

我把車停在停車場，告訴路易我半小時準回。

「我會在這裡等你的。」他說：「要買的單子在你身邊？」

我交給他海倫給我的單子及二十塊錢。「這是零用，」我告訴他：「用完再給你。」

他的眼中顯出一隻大狗對他主人忠誠的樣子。說聲好，把錢裝進口袋。

我走進一個旅社，把自己關在電話亭裡開始工作。我打電話給各超級市場，信用卡申請處、牛奶公司、甚至送冰的廠，自稱是舊金山信用調查公司，想調查薛依娃太太的信用，沒有資料的地方都請代問他們的經濟單位，我會過幾天再用電話看有沒有消息。

在美國有一個怪現象，不論你用什麼身分想要得到商人營業對象的資料都會十分困難。但一旦你說是信用調查，大家都會全力協助。他們也不要你身分證明，幾乎萬試萬靈。

我又跑每家銀行，說是在調查一張失竊的支票。問他們有沒有一個客戶名稱為薛太太，薛堅尼太太，薛依娃太太，薛胡依娃或胡依娃小姐。

多數單位都儘可能協助我但沒有結果，有一個銀行經理非但不給我消息，而且要求我給他身分證明。他的說話使我感到薛太太可能是這家銀行客戶之一。你要的資料他根本沒有時，可以天南地北閒聊十分客氣。但你要的資料正好他有時，他就謹慎得多了。

我走回停車的地方，那已是一小時十分鐘之後了。車上裝了兩大袋的雜貨，無論車上車旁及車的四周都找不到路易。

我坐在車上等候十五分鐘，太陽已爬得很高，我全身放鬆後有點睏意。什麼柯白莎，偵探社全已置諸腦後，我閉上眼不覺入睡，直到醒過來才想起自己是誰，怎麼會到這裡來的。

我看看錶，和路易分手已達兩小時。我寫了張紙條，放在駕駛盤上。「十分鐘返，勿離開。」走去再打幾個電話，一方面試試運氣，一方面補足幾個剛才沒想到的漏洞。

我回來時字條還在駕駛盤上，還是沒有路易的影子。我只好發動汽車，回到租來的平房。海倫才打掃完畢，一塊手帕還紮在頭髮上。我把雜貨搬進屋子的時候她問：

「你把路易賣哪裡去了？」

「我也不知道。」

「怎麼說？」

「他去辦貨，我叫他辦完在車上等，而且規定他半小時見面，但他黃牛了。我等了他一小時以上，只好回來。」

她解下頭上的手帕，進浴室洗手，出來時兩手正互擦著護手的化妝品。

她說：「乘這個機會，正好可以好好談一談。」

「談什麼？」

「很多事情。」

我在她身旁坐下，過不多久她站起身來，坐到我對面的一隻椅子上，面對著我說：「讓我看著你，你要說老實話，否則我會知道。」

「怎麼對我那樣沒有信心？」

她說：「因為我喜歡你。」

「謝謝你。」

「我第一眼見你就喜歡你。」

「你有什麼話要說？」

「是的。」

「那就說吧。」

「一般女孩要喜歡一個男孩總想對方能先主動，即使一定要主動也要慢慢來，不太露骨。我的想法不一樣，喜歡就是喜歡，不喜歡就不必多談。」

我點點頭。

「沙漠裡和你相處的第一夜，是我一生最快樂的一夜，第二夜也和第一夜一樣美好。」

「現在呢？」

「現在我不喜歡。」

「為什麼？」

「我以為認為你也喜歡我。」

「我是很喜歡你。」

「鬼話。」她做個鬼臉地說：「是不是因為我做過——吃角子老虎那件事，你不敢接近我？」

「我沒有不敢接近你，我喜歡你。」

「這我知道。」

她靜了一陣又說：「無論如何，因為跟了沙包一段時間，又因為吃了太多個吃角子老虎，所以我自己認為和警察，和法律是站在敵對位置的。要不是出太多事我也不會有這種感覺，尤其是被指為吃角子老虎出的事。有這麼幾次沙包被別人捉到，吃角子老虎的老闆假裝要送官要控告。我們當然知道這只是嚇唬嚇唬而已，但是警察總是喜歡耍酷。要挾你一個夠，才放人，所以在我看條子就是——一個條子。」

我什麼也沒有說。

她把眼光移向自己鞋尖，沉思一下，突然抬眼看向我說：「唐諾，假如你以為我知道一點沙包被殺的實況，你為了要騙我說出來，利用我喜歡你，故意假裝把工作辭去，目的為了騙我情報，我會殺了你的。」

「我絕不怪你。」

她仔細看著我：「還有什麼要說嗎？」

我笑笑，又搖搖頭。

她突然站起來：「老天爺，我真希望知道你心裡想什麼。但我可以說，你一定仍在辦那件案子，不過你要記住剛才我跟你說過的話。」

「絕對記住，你想路易哪裡去了？」我問她。

「我怎麼會知道，你給他錢了？」

「是的。」

她說：「路易有點不對勁。」

「什麼地方？」

「他被打壞了腦筋，有點糊塗。」

「我早就知道，還有什麼不對嗎？」

「說不上來，反正昏頭是真的。打拳的最後多少會有一點，沙包也沒例外，對事情的看法與你我也稍有不同——唐諾，你是不是認為你我相處一久，只要我喜歡你多一點，就心肝都會挖出來，什麼都會不保留地告訴你？」

「我還沒有想得那麼遠。」

「那你現在想得遠一點試試。」

「好，我會試試。」

「假如你騙我。或強迫我說什麼，我會殺了你。我——我不但會恨你，而且——而且你也太傷我的心了。唐諾，會使我對所有人失去信心。假如這真是你要玩的把戲，請你現在就結束，對我可能還不太晚，再過幾天我就一輩子也不會恢復了。」

「這裡附近有朋友嗎？」

「沒有。」

「那麼你要哪裡去？你要做什麼呢？」

她冷冷地說：「不要用這一套來嚇唬我，我想要找個供我吃飯的男人一點困難也沒有，我兩手空空從這裡走出去，我也混得過去，何況我尚還不需出賣自己。」

「要做什麼？」

「船到橋頭自然直，我總找得到事做，要不要我現在試給你看。」

「你要問我的話，我不希望你離開。」

「我就怕你不好意思開口要我走。」

我說：「假如你不想告訴我你知道沙包的事，你就一輩子不必告訴我。」

她走過來站在我前面說：「我們話說在前面，你隨便要我告訴你什麼，或是隨便要我做什麼，我都可以依你，但是你只要一提起沙包的事，我就知道你為什麼要對我好，我要是知道你這一切都是有目的的安排，我會怨死，我會覺得我自己一毛不值，我還有什麼可留連的，你懂嗎？」

「懂。」

「好極了，我們兩個現在要做什麼？」

我說：「我們進城，看看能不能在哪個酒吧找到路易。」

她注視了我一、二秒鐘，突然大笑出聲，但笑聲中有一點苦笑的味道。

我走過去一步，站在她面前真誠地對她說：「海倫，我對你都是無條件的，我從來也沒有想問你什麼。」

她眼睛瞇起說：「反正日久知人心。」

「有一件事你說對了，我是一個偵探，我現在還在辦案，這的確不是為柯氏偵探社工作。我現在的工作為的是一個女孩，我要還她公道，這件事只有我一個人在辦，連那女孩本身都不知道，再說要是我不辦，世界上沒有第二個人肯辦。」

「所以你要我告訴你，有關——」

「我不要你告訴我任何鬼事情。」我說：「我很喜歡你，我覺得你是我見過最好的女孩子。當然，假如沒有這件案子發生，我也不可能約你離開拉斯維加斯。但和你在一起我很快樂，是一種享受。我喜歡接近你，我喜歡看你做事，我喜歡你每一件事。我已告訴你我來這裡是辦案，老實說我帶你來這裡只是順路，沒有希望你提供什麼的意思。」

「案子辦完之後，又怎麼樣呢？」

「我也自己問過這個問題，」我說：「目前我尚沒有答案，到時自會另有交代。」

「你不會問我有關沙包的事？」

「不會。」

「永遠不會？」

「永遠不會。」

「你根本沒有設計這一切，為的是要我上當？」

「沒有。」

「你剛才說的也都是真的沒騙我？」

「真的，沒騙你。」

「你知道，你從來沒吻過我。」

「知道。」我說。

她眼望我，雙目直視，堅定有光，她說：「唐諾，你知道，我這下真中了一個傑克寶頭獎了。」

第十四章　薛堅尼太太

下午二時左右我找到路易，他坐在側街一個廉價酒吧最後卡座裡。半瓶最便宜的威士忌在他前面桌上，抓住瓶子的手指節皮擦破了，在流血。他的眼睛固定，目光鈍滯。嘴裡不斷輕輕自己對自己在嘀咕，不知說什麼。

他抬頭看到我：「喔，你來了。」舌頭厚厚不聽指揮。

我把酒瓶推到一側：「路易，該回家了。」

他遲疑了一下：「呀！不錯，我還有個家，不是嗎？喔！老天！」他站起來把手插入褲袋，拿出兩張一元紙鈔及一些零錢。

「你知道我怎麼樣？」他說，眼睛看我，兩眼矇上了一層紅絲：「我把你給我的錢——買東西找回來的錢，都花掉了，我有這個毛病，有時候自己控制不住，我就沒法——」

我問：「路易，你又揍了什麼人了？」

他向下看著自己手指節，皺眉道：「好玩，我感覺我揍了個男人，又想是喝——

醉——喝醉了的幻覺。現在看一看來真揍了人了。等一下，想起來了，那——那是薛堅尼。他真行，一個側擊，但是我給他來了個基本一——二，我給你看我怎麼打他的。標準打法，我——在海軍，一定是火努魯魯，是不是冠軍賽，看是冠——」

「路易，走，我們回家。」

「鈔票你沒有心痛吧？」

「沒什麼。」

「你瞭解我？」

「當然。」

「你是我最——最好的朋友，我第一次打到你身上，我就知道我喜歡你，就像和你握手，不過握在你下巴上，對，我們回家。」

我幫助他走出酒吧，扶住他來到街上，協助他進入老爺車，回去的半途上，路易用掉我錢的罪惡感突然發作，要求下車，他說：「就把我在這裡放下來，我沒有資格和你同乘一輛車子，我把你辛苦積下的錢用掉了，我也知道你沒有多少錢，我對不起你，我怎能回去面對海倫。放我出去，出去撞死也活該，我有這個見到酒跑不開的習慣，我不是一個好人，我不能自制。」

我一手駕駛，一手握住他靠門正在扭動開門把手的前臂，車子有點東彎西扭，我說：「算了，路易，人哪有十全十美的，每人都有缺點。」

「你不計較今天的事？」

「為什麼計較？」

「不難過？」

「沒什麼難過。」

他開始痛哭，回進屋子還是淚流滿面。海倫和我把他服侍到床上，我們給他蓋好毯子，在床邊放了一大壺水。海倫問：「現在做什麼？」

「我留在這裡照顧他，你用那輛車進城，可以去你說了好多次那家美容院做頭髮。」

她看著我想要說什麼。

我說：「我只能給你旅行支票了，我——」

她對我笑說：「那倒不必，我自己有錢。」

「夠自己用的？」

「當然，我搶了沙包的銀行。唐諾，假如你缺錢，我可以支援你，我知道你現在花自己的錢在辦事，我也知道可能你還夠用，要是頭寸緊，我可以支援沒問題。」

「謝謝，到時再說。」

「回見。」

「一會見。」

她走向門口，又走回來，把我雙手握住，輕輕吻我一下說：「你出去的時候房東來過，他稱呼我賴太太。所以要做得像個樣，再見。」

她飄出門去，我坐在開飯桌子上，拿起電話簿，列了一張準備一家一家打的電話名冊，找到兩本過期雜誌看了一會，實在無聊，又因為上午太累的訓練，不覺瞌睡起來，椅子還不如床，但太累的人連站起來都懶得理會，明知應再去看看路易有沒有好一點，但還是站不起來，就如此睡著了。

不知多久我突然醒來，努力振作一下去看看路易，他聽到開門聲說：「嗨，朋友，來點水好嗎？」

「在你床邊有一壺水。」

他拿起水壺，也沒有用杯子，一喝就喝掉了半壺。

「你知道我很差勁。」他放下水壺，眼光避開我說：「連我自己也知道自己差勁。」

「我看你不錯，蠻好的。」

「你不必對我太好。」

「不要再提了。」

「我願意為你做任何事，最好你能叫我去做點事，你叫我去殺人，我也會為你去做。」

我微笑向他說：「頭怎麼樣？還痛嗎？」

「我的頭不喝酒也老會痛，這也是我常豪飲的原因。我頭痛毛病太久了，已經習慣了。」

「過一下會好一點，要不要再睡一下？」

「不了，我要起來，喝很多水，那半瓶威士忌到哪裡去了？」

「我把它留在店裡了。」

「那是付了錢的。」他悔恨地說。

「壞在肚子外面，總比壞在肚子裡面好。」

「不錯。」他說：「我能像你那麼想就好了，我知道我會老想那半瓶酒，最好你把我——一腳踢走算了，要不然總有一天連累了你，你就划不來了。」

「不要這樣說，你胃不再難過的時候，一切就過去了。」

他紅絲的眼看看我說：「我要把有關拳擊的一切都教給你，把你訓練成一個最好的拳擊手。」

「好，聽我說，海倫進城做頭髮，過一下就回來，你招呼一下這個家，我要出去走一走。」

「沒問題。」

「你不會離開？」

他說：「我褲子呢？」

「在椅子上。」

「把褲袋翻過來，所有錢帶走，我就走不了。」

我說：「你已經把剩下來的錢給我了，褲袋已空了。」

他歎口氣說：「那好，你走吧。」把枕頭放在脊柱後面，點上一支菸，又說：「我一會兒就好了，沒關係。」

我走上公路，走不多遠就有一個好心的人停車，帶我進城。

有個報攤，出售全國各大城的報紙。我找了一份拉斯維加斯的報紙，警方正全力在找荀海倫，那位與死者同居的女郎，警方終於找到了荀海倫失蹤後藏匿的公寓，但她已溜走，警方調查在辦本案另一角度的私家偵探唐諾，發現賴唐諾、荀海倫及另一退休拳師孫路易似已離城，警方確信荀海倫可能是兇手，或至少知道兇手是誰。所以私家偵探賴唐諾以帶她離城為交換條件，想在警方之前先獲得消息，警方對賴唐諾這種行為十分不滿，正研究將來起訴他妨礙刑案調查，妨礙公務等罪，孫與本案亦非完全無關，彼曾出面指認死者為以往拳擊名手薛堅尼。

可見警方尚未找到我購買中古車的資料，我又打了幾個電話，用我老方法調查。把拉斯維加斯報紙留在電話亭中，當然有關本案的一版，已撕下放入口袋。

我步行了大約一里路，才有順路車帶我回去，海倫已回家，路易準備的晚餐，也是她善的後，我們三個人出去看了場電影，回來分別就寢。

天沒大亮，路易把我叫起。

「起來，跑步訓練正是時候，我不要你出太多汗，現在跑正好。」

我坐起來，雙手搓著眼說：「什麼正是時候，冷死了。」

「出去一跑就不冷了。」

他伸一隻手到我脅下，幫我站起，我兩腿發抖，肌肉痠痛。

「路易，早上真吃不消，再休息一下好嗎？」

「走，走。」他推著我。

「喔，我真不想再訓練了，我們以後——」

他把窗打開，窗簾全部拉開，把我球鞋拿出來，運動褲拋過來，幫我都準備好，再把窗關起。

門外實在冷，但路易那麼熱心，我只好艱難地跟了他跑，路易不斷自肩後向後看我，所以知道我的身體狀況調節速度。在歸途上我突然學會了路易教我的呼吸方法，我能儘量一次多吸一點空氣進去，也能在第二次吸氣前，把肺裡的餘氣多吐一點出來，路易看到我的進步，讚許地點了一下頭。

我們回屋戴上手套，路易說：「今天要教你重拳，你試著用你的全力來打我這隻手，用全部力量。不對，不對，不要先拉後再出拳。」

我們又像昨日一樣，訓練、淋浴、按摩。早餐仍由海倫主廚，咖啡還是那麼香。

那天早上，我運氣好。

一個雜貨零售商有一位記帳客戶，名字是薛堅尼太太，她的公寓在加利福尼亞街。

我找到地址，停好老爺車，爬上樓，按門鈴。

是傅可娜開的門。

「我可以進去嗎？」我問。

「你是什麼人？」

「荀海倫的朋友。」

她看了我一下，突然她警覺起來：「你怎麼找到我的？」

「這是一個很長的故事。」我說：「我站在這裡告訴你？還是進去告訴你？」

「進來。」她說著站過一邊，使我可以進去。

我背窗坐著，可娜只好對著光線看著我，是她先打破沉默。她說：「荀小姐教我的方法我不能照辦，我已經寫信告訴她了。」

我做了一個憤憤不平的姿態問道。「為什麼不能辦呢？」

「那不太公平。」

「比你現在所做的要好得多。」

這一記高空打中了要點，她說：「我不知道，當然——我也沒辦法未卜先知。」她神經地笑出聲來。

「荀小姐想對這件事公公平平地處理，雙方不吃虧，那知道你——我們說你並不欣賞。」

「只好抱歉，你們怎會找到我的？」

「那有什麼稀奇，這是邏輯上你最可能來的地方。」

「你一定要找到我，有什麼理由嗎？」

「我認為可以做點事，把一切困難全部解決。」

「不，事到如今已不可能了。」

「我認為還有可能。」

「我看你太樂觀一點，請代我問好荀小姐，謝謝她，希望她不要以為我不感激。我想——我想我只要給她說這些，其他都不談了。」

我向四周看看，看到一隻打開著的箱子，衣服摺疊好放在桌子和椅子上，窗角邊一張小桌上有女帽、手套和皮包，一封經郵局寄來的信件在小桌角上。

「我可以吸菸嗎？」

「不要客氣，也給我一支。」

我給她一支菸，擦支火柴，假作著要給她點菸，想辦法移近一點小桌子，看到小桌上有一隻菸灰缸，做著去拿菸灰缸的樣子，一把去抓那封信。

她看到我想做什麼，側向小桌，動作十分快，我才把信角挾起，她一巴掌把信的大部份壓在桌上，我說：「要是這封信不是拉斯維加斯寄出的，就不關我事，要是來自維加斯，我要看看內容。」

她加強行動，用另一隻手來抓我手腕。我用力一推，把她整個人推開，我擺脫她阻撓把信紙自信封抽出。

信是草草寫就的，內容如下：

已請私家偵探賴唐諾調查本案。已與荀海倫聯絡。荀海倫男友姓耿者昨晚被謀殺。你在雷諾已不安全。應急速離開另找較安全地點。

信尾簽名只用「W」一個字。

我說：「我們不必浪費時間，我就是賴唐諾，華亞賽出錢雇我找你，同時又使費律知道他出錢在找你，其他的應由你來表白了。」

她看著我，一點鬥志也沒有了，她已打敗，跌落陷阱。

我說：「我有一個概念，我可以先說出來。不對的由你糾正。」

她還是什麼也不說，只是站在那裡，好像颱風之後，站在自家門前，觀看還剩下點什麼似的。

我說：「我相信老華先生不希望他兒子和你結婚，他認為費律可以有更好的對象，但費律非常愛你，而華亞賽是個自以為是的心理學家。他看費律只是個無經驗，羽毛未豐的小孩子，但是知道硬把你們拆散，必會導致父子的不快。然後突然發生了一件他期待的事，等於替他解決了一切困難。他強迫你自己離開，希望費律自然死心。」

「費律，」我又繼續說。「由於真心愛你，他的反應以及失去你後的痛苦，遠超過他父親的預期。費律不止心碎，而且廢寢忘食，人也憔悴了。」

她開始哭泣，很輕聲的，她一句話也說不出，本來也沒準備說話。

我走向窗口，向下看到的是人家的後院，拋棄了的木箱子疊在一塊，一根曬衣繩吊在兩個柱子之間，沒有衣服在上面。一個坑裡面有泥漿，反射著陽光。一堆乾黑沙，有一把圓鏟插在上面。我故意把臉轉向窗外，讓她可以哭過後整理一下，不要以為我在看她。

足足一分鐘之後，她才停止哭泣，自我控制地說：「你想華先生真認為你能找到我嗎？」

「我不知道，我只知道他雇用我們來找到你。」

「但是他堅持我一定要使自己失蹤，失蹤到絕對不被任何人找到，這一點是他最堅持的要點。」

「就是如此。」

「那麼聘雇你的目的，只是安撫費律。」

「對了。」

我看到她突然產生希望說：「請一位好的私家偵探要花很多錢，是嗎？」

「是的。」

「我想你一定是很好的——很熟練的？」

現在輪到她做決議，輪到她說話，她喜歡兜圈子，就讓她玩她的。我說：「我們自認是不錯的。」

「你能不能告訴我，老華先生現在心裡有什麼感想？」

「你先告訴我發生了些什麼事，而後我們把大家知道的合在一起，可以看出些道理來。」

「我想你反正都知道了，你認識荀海倫還會不知道？」

「不完全知道，我只知道她給你一封信，至於信的內容只是猜測而已。」

「你猜測荀海倫給我的信中說些什麼？」

「我想是叫你上當的東西。」

「荀海倫要我上當？」

「荀海倫根本沒有寫什麼信給你。」我告訴她。

「她是寫了。」

「你最好把所有知道的事都告訴我，由我來做決議。」

她說：「我想你當然知道為什麼我會離開？」

「薛堅尼。」

她點點頭。

「從他說起。」

她說：「我年輕的時候是個小笨瓜，我有點野，我喜歡打鬥，喜歡打鬥的人。我不喜歡籃球，但我喜歡橄欖球，堅尼和我同校，他是橄欖球校隊，學校後來發展拳擊，他是冠軍，他成為英雄，雖然後來學校因為太多家長反對，不得不放棄拳賽，但他仍是同學偶像。」

「我不斷與堅尼來往，家中十分反對。堅尼為了要養我去參加職業拳擊，自此他總覺得他是為我犧牲，我和他私奔，正式結婚。」她嫌惡地把肩自後聳翻向前，加上一句：「當然這是我一生最大的錯誤。」

她停下來，好像要整理一下應從什麼地方繼續她的話題似的。

「我們一起生活了三個月，起先的二、三個星期，我完全被催眠似的，但慢慢的，我漸漸瞭解了他的本質，他是個妒忌心極重，猜忌心極重的粗人。他要控制得住什麼人時，他粗暴地利用他一切。當他失利時用一切的理由推託，他曾差一點在這一行爬到頂尖，但是當他遇到比他更強的對手時，他不懂得振作，反而連精神也崩潰了。這都是以後的事，我們才結婚的時候，他正在蒸蒸日上，他自最基本的場合打起，漸漸引起人們注意，但頭部不斷被打，受損很嚴重。何況他天性情緒化，極為妒忌，他開始認為我是他的私人財產。慢慢的東一點，西一點湊在一起，他的缺點越來越多，我就無法忍受了。」

「你不必在這些地方花太多時間，只要告訴我和他分手後發生什麼就可以了。」

「在學校裡我有受秘書的訓練，我得到一個職位，我努力做好一個秘書，事實上我十分成功。」

「沒有辦離婚？」

「我一直以為堅尼辦了離婚，這是他對我最可惡的陰謀了，我告訴他我要自由，他說最好方法是等候一年之後以遺棄為名就容易辦離婚。假如以他虐待為控訴理由，對他將來事業多少會有影響。」

「我們開始等待這漫長的一年，這一年對堅尼是相當好的，他連勝了七八個月，但突然節節敗退了三個月，我對原因不瞭解，依據他經理人說他心理上有懼怕，但是我總覺得有可能他在玩鬼，連經理人也被他出賣了。外面謠言很多，但也沒有證明。我們分手十個月後，他來看我，他情緒十分低落，他說他沒有我就沒有靈感，再也沒有勇氣和人對台。」

「那是分手十個月之後？」我問。

「是的。」她諷刺地說：「分手後他所有順利的時間，都神氣活現，傲慢向我。但他失利了就向我來求同情，無論如何，他說他是那種一定要有女人來增加靈感的人。他知道我不可能回頭，他另外遇到了一名女子，他說那女子絕不能代替我。又說那女子死心愛他，所以他也只是喜歡她而已。」她苦笑地又說：「這就是薛堅尼的心態，女人死心地愛他，他只是喜歡而已。」

「他找你要什麼？」我問。

「他要去雷諾，要離婚。」

「要你來付錢？」

她點點頭。

「你為什麼不同意呢？」

「我同意，」她說：「也給了錢。後來薛堅尼說已辦妥了。」

「那個女人呢？」

「他娶了她，所以我沒有再去查離婚手續是否真的。」

「但是他沒辦離婚嗎？」

「沒有辦，最後證明他只是來騙我一點錢，拿我的錢去騙那女人，那女人也有點積蓄，最後也被他拿走了。」

「那女人，不是荀海倫吧？」

「不是，她叫什麼仙蒂，姓什麼我忘了。他不斷說到仙蒂，我沒見過。」

「之後又如何？」

「足足好幾年相安無事，我也沒見他，也沒聽到他下落，根本也沒想他。他退出拳擊圈，我想拳擊協會抓到他什麼把柄不准他再出場是真的，我不相信是他自己退休的。」

「之後你碰到了華費律？」

「是的，我用傅可娜的名字，使我自己忘記過去，重新做人，你看，我父親——」

「名字的問題沒關係。」我說：「說下去好了。」

「起先我——」

「這些都沒關係，從荀海倫說起。」

「我接到一封荀海倫寄來又古怪又氣人的信，信裡說，她自報上得知我即將結婚，她又自稱是薛堅尼的朋友。她說堅尼告訴她，薛堅尼和我根本沒有離婚。她又說堅尼已痛改前非，決心向上要做一番事業。她想堅尼日前無力辦理離婚，如果我不願等候，我可以去結婚，她會從中設法把事辦妥。我嫁給費律後，堅尼會去辦離婚的。她說他最近運氣不好，過些時就會有錢的，她建議堅尼辦妥後我可騙費律因為年齡資料的錯誤，再結一次婚，甚或根本不再辦手續就算同居關係。」

「的確是氣人，他要多少錢？」我問。

「她根本沒提多少錢，尤其沒提要我出錢，她只說他要自己立業，立業後才有錢來辦離婚手續。」

「你有沒有想到，這封信可能是堅尼要她寫的？」

「不會，她說堅尼不知她要寫信給我。她說她本意是要寫給費律，她不希望看到費律混進重婚案件中去。」

「她倒想得很周到。」

「荀小姐看起來是站在我這一邊，為我著想的。」

「你已改了名字，她又怎會知道你以前是薛的太太呢？」

「她信中沒有提起這一節。」

「在我看來這是薛堅尼的恐嚇信，假如你不給他創業的錢，他會阻止你和費律的婚姻。假如你答允自華家拿錢給他，他就坐在幕後，也不說話也不離婚，把你看成一隻會下金蛋的鵝。」

「我以前沒有這樣想過。」

「除了這種想法，沒有別的想法。」

「那你想荀海倫是——」

「我想荀海倫根本沒有寫這封信。」

「但是她要我給她回信。」

「你回了？」

「當然，我給她回信了。」

「回的信是華亞賽口述，你手寫的？」

「他沒有口述。」

「至少他知道內容。」

「是的。」

「這一點，我想知道。」

「我想這些都命中注定，我自己活該的，解釋都解釋不清的，連自己都不知怎麼會變得如此糟糕。我一定要想辦法把曾經和堅尼結婚三個月這件事，從我記錄上取消，這是一個恐怖經驗，否則會影響——」

「這件事你從來沒有和費律談過嗎？」

她點點頭。

「費律不知道你結過婚，也從來沒有聽到過薛堅尼這個名字嗎？」

「對的。」

「所以海倫的這封信，對你等於是定時炸彈爆炸？」

「是的。」

「你怎麼辦？」

「我拿了信，去見費律。」

「哪裡去見他？」

「去他辦公室，那一個晚上，我們本來約好見面。」

「但你沒有見到費律。」

「沒有，他有急事出去了。留張抱歉條子，當晚約會不得已取消，他曾給我電話，但我已離開，說好晚上十一時再通電話，和約我明天共進午餐。」

「華亞賽大概正在辦公室？」

「是的。」

「他從你臉色知道有事情發生？」

「那倒不見得，他十分體貼，對我非常好。他已同意我們結婚，當然我知道他心裡不願意，但為了兒子，他表現十分圓滑。」

「但，你把全部事實告訴亞賽了。」

「是的。」

「於是他態度全變了？」我注視著她問。

「對他是個很大的打擊。」她說：「但他還是十分好心，他告訴我，一開始的確他不贊成這件婚事。但後來他知道費律是真心愛我，而只要費律喜歡的，他總要幫助他完成心願，所以看我能使費律高興，他也漸漸改變心態，能接受我。而且正準備表現給所有親友看，他是多麼歡迎我參加他們的家庭。他也告訴我經過這個決定後，他越看越覺得我是個好女孩，應該得到費律和他的敬愛，他真是太好了。他安慰我，他又瞭解，又聰明，又能容忍，但處理事情又那麼理智。」

「他理智處理什麼了？」

「他非常理智地分析，婚禮反正已不可能再進行，他說假如那麼愛我的費律，一旦得知我以前有過一個男人，兩人好過，他現在還活著，而且還有婚姻關係未解除——你知道費律這個人，那樣深愛，那樣敏感——華先生分析到我最怕發生於費律的——沒錯。」

「之後呢？」我問。

「我給他看荀海倫的信，他非常高興我對他的坦白，他說百分之九十的女人，在我這種情況，會聽從荀海倫的建議，結了婚再說。他建議我回信荀海倫，婚姻已取消，如此薛堅尼就不會再和費律聯絡。」

「為什麼他要阻止薛堅尼和費律聯絡？」

「他不要費律太受打擊。不要費律發現這殘酷的事實，這也是整個事件的背景，我們都為費律好，我要給自己留面子，也要替華家留面子，更要保護費律。」

「誰這樣說的？」

「怎麼啦！這是我們共同認為正確的，他說至少暫時我應該離開現場，而費律一定不可以知道為什麼，直到他心理上完全恢復，然後我們可以告訴他理由，他又說將來有一天我可能擺脫堅尼，可以有結婚的自由時，可以再見費律，向他解釋所發生的一切。」

「你難道從沒有想過你可以直接走向費律，把所發生的事全部告訴他——？」

「老實說，賴先生，我有過這種打算。這也是為什麼我要去他辦公室的原因，我想把心裡一切對他說明，我也會儘量使他不太傷心難過。但是他父親說他知道費律比我為多，他要我突然失蹤，好像出了什麼事，連自己也無法控制，我同意他的建議對我們三個人都有好處。你看，訂婚早已宣佈，結婚日子已定。要取消真是說不過去，華家又不是沒有社會地位的。」

「換言之，華先生不願別人知道這件婚事取消的原因，是新娘有前夫，還沒辦好離婚手續。」

她畏縮地點點頭。

我說：「我說直話，比較難聽，為的是告訴你我的看法。」

「你的看法是怎樣的？」

「我尚還不十分知道，但我相信我知道。」

「說說看。」

「這件事，費律是不會計較的，只要你告訴他這不是你的錯，你也無意騙他。你以為離婚已辦妥，所以最後結果婚禮是不會取消的，只是延後而已，延後到你辦妥離婚。」

「我想費律對於我沒有告訴他，我結過婚這件事，是永遠不會原諒我的。」

「我想他不會在乎的。」

「我沒有這個信心，我比你更認識他。」

「他父親比你更和他處得久，連他父親也認為他不會在乎這一點，所以費律會原諒你的。」

「何以知道老華先生也認為，費律不在乎我結過婚？」

「否則他何必硬要你偷偷離開呢？就是怕費律仍要與你結婚呀？而且他反而叫你做了費律不會原諒你的事，就是你失蹤。不告訴他為什麼、在哪裡。使他那樣痛苦。並且提心吊膽以為你受到什麼危險的事了。我——很抱歉，我不是故意又要讓你哭泣，只是要你瞭解實況。」

「但是華先生答應只要他兒子十分擔心的話，一定會把實況告訴他。」她哭著說。

「這就是我所要知道的全部事情了。」我說。

「為什麼？」

「這表示老華先生出賣了你。」

「我看不出來。」

「你看不出來嗎？要是他去告訴費律。他要解釋，他怎樣會知道的。為了解釋他怎樣知道的，他必須承認他是整個詭計設計的一份子，他必須承認與你研究過，看費律反應，再決定讓不讓費律知道。而且他是原始阻止你與費律見面，要告訴費律實況的人。再說，要是費律真愛你，不在乎你曾經結過婚的事實，當初也不是沒有其他辦法可處理。譬如，華亞賽可以說紐約有件商業上的要務必須親自處理。他帶費律去學習或協助，婚禮可以延後，亞賽可以向親友解釋婚禮只是延後，在延後的時間內你可以和堅尼離婚。總之，費律對他父親處理這件事的方法，可能永不諒解，對你當初不先面對他而連玩失蹤把戲，也不易諒解。」

她說：「我有點迷糊了，我以為你是替華老先生工作的。」

「他雇用了我。」

「對呀！」

「但是，」我說：「他雇用我時，說明是要找到你，發現你失蹤的原因，我現在都辦到了，我完成任務了。」

她慢慢坐下，眼光沒有離開我，情緒慢慢穩定下來。「你現在要做什麼？」她問。

「我什麼也不做，倒是你應該做點事。」

「我做什麼？」

「你該倒打老頭一釘耙。」

「我不懂。」

「你突然失蹤。」我說。「失蹤的原因，可能是突發的記憶喪失症。」

「對，這就是老華先生假設可能性之一。」

「他，當然曾建議你給荀海倫回信，使薛堅尼不會再和費律聯絡。」

「是的。」

「他給你一張信紙，又給你一個貼好郵票的信封。」

「是的。」

「當你還在儘量和敵人合作的時候，他又說服你應該自己失蹤，自行失蹤這個念頭是他想出來的吧？」

「嗯，是的，他說要保持他家的聲譽，要保持費律永遠對我有一個好的印象，要使我和費律的愛在費律心中永遠存在，不致變為我給他的欺騙等等。」

「好，你就做華老先生要你做的。」

「做什麼？我還是不懂。」

「患了記憶喪失症。」

「……」她還不懂。

「你患了記憶喪失症，你患了很徹底的記憶喪失症。那最後一天你在辦公室，你低頭去拿支鉛筆，碰——突然之間，你什麼也記不起來了。你發現自己在街上，完全不知自己姓甚名誰，怎麼會在街上？在街上要做什麼？」

「這樣做有什麼用，會有什麼好處呢？」

「你還不明瞭嗎？」我問：「你被好心的人發現，他們見你記憶喪失，送你進醫院。柯氏偵探社費了不少力氣找到你，你還是什麼也不記得，柯氏偵探社請費律來認定是你。而你在見到費律的那一秒鐘，因為見到心愛的人的刺激，你又回復了記憶，你就——」

「不要說了，」她叫喊著：「不要說了，我受不了。」

「受不了什麼？」

「你把我的心都要撕碎了。」

「你真笨，」我說：「我現在在告訴你解決整個事件的辦法，理智點，少去想羅曼蒂克，留著事情完了再想不遲。」

「你說的是不可能的，我不能再欺騙費律。」

「你為什麼不可以？你已經對不起他，照我的方法做，正好糾正過來。站在費律立場來看，這一個月他所受的，眼睛下面的黑影，面頰上少掉的肉——」

「請你不要再折磨我。」

「你答應做我叫你做的，我就不再說。」

「但是，我不能這樣做。」

「為什麼？」

「因為——第一，薛堅尼的問題無法解決，費律和我就絕不可能結婚。不要忘記，我是一個——」

「一個什麼？」

「結了婚的女人。」

我說：「不，你是個寡婦。」

「什麼？」

「你是個寡婦。」

「那姓荀的女人沒有講實話？那封信——堅尼死了？」

「寫信時候薛堅尼尚活著，現在他已死了。」

她看了我數秒鐘說：「你不是在搞什麼花樣吧？」

「絕對沒有，而且立刻證明給你看。」

我把從拉斯維加斯報上撕下的新聞，自口袋中取出，給她看。

「荀海倫的男友就是薛堅尼。」我說：「你現在不是個已婚女子，你是個寡婦。你隨時高興要和什麼人結婚都可以。」

她仔細地看著報紙，我看她讀報時眼珠的左右轉動，過了一會，她讀完報紙，但眼光仍留在報上，假裝在看報，爭取時間仔細想想，以免抬起頭來，須立即面對現實。

突然，她抬起頭來說：「那麼，他是被謀殺的？」

「是的。」

「什麼——什麼人殺了他？」

「警方尚未查明。」

「你是不是知道的？」

「我自己有個想法而已。」

她把眼光移開，把下唇慢慢吸進上下二排牙齒之間，又輕輕地咬著，「有沒有人雇你找出兇手？」她問。

「沒有。」

「你會不會——嗯，假如你知道是什麼人做的，你是不是一定要——」

「不必。」

她突然伸出手來向我說：「賴先生，你真是好人。」

「你要照我說的去做？」

「一切遵命。」

「注意，這個公寓是以薛太太名義租的，絕對不能有人發現，否則戲法就穿幫了。收拾要乾淨，把行李送舊金山，行李票藏皮包裡，我想老華先生給過你錢，是嗎？」

「是的。他要我接受他一點錢，如此我自己的錢可以全部留在皮包中，留在辦公室裡，這是做戲情節之一。」

「只要費律能用點腦筋。」我說：「就會從這一點看出，你的失蹤是經過導演及有人支援經費的。我說過不要使人知道你曾經租用過這個公寓，你走到街上去，到東到西晃，找一個警察，問他這是什麼城，做點傻頭傻腦的事，等別人發現你是個忘記一切，患『失憶症』的人，切記不可喝酒，半口也不行。」

「為什麼？」

「只要你有半點酒味，別人以為你是個酒鬼。但你完全清醒，理智，只是沒有記憶，人們會把你交給醫生。醫生也許會試你是不是做假，你必須要小心應付，騙過他們，你想你能嗎？」

「至少可以試試，我要盡力去做。」

「一切靠你自己，祝你幸運。」我又伸手與她握手。

「你去哪裡？」

「我在這附近等，等你被送進醫院之後，再想辦法找到你，之後就回拉斯維加斯向姓華的報告。」

她說：「你是在幫我忙，重新給我機會，我看得出。」

我說：「我自己又能完成任務的情況下，我看不出為什麼一定要犧牲你。」

她眼光看到我的眼光，有智慧地說：「你裝得很凶，不好對付——但是，看得出有浪漫氣氛在心裡的，你是在成全我和費律。」

我走向門口：「天黑之前，你一定要住進醫院。」

「我盡力而為。」

我走下樓，回到街上。地勢較高所以日光照出來的影子有點發紫。雷諾是世界上最特別的小城，站在街上一看就可以見到雷諾特有的景象。牛仔們穿了高跟靴，重重地在人行道徘徊，迷惘、苦澀的婦女，等待居留時間達到離婚標準，奢華的美女晃進城試試運氣，賭徒和觀光客雲集，休假的和旅遊的雜處，五光十色，只表示這是雷諾。

我需要一點時間，在回去之前仔細想想。我走進一家賭場俱樂部，要了杯酒。四周是賭徒們的叫聲，吃角子老虎機器聲、幸運輪轉動聲、硬幣落下聲。

我拿起酒杯四周看看。

荀海倫，背向著我，正忙著叫一架機器出錢。

我小心地離開吧座，回到街上。

第十五章　記憶喪失的病人

荀海倫輕快地進屋來：「呀，餓死了，有什麼現成可吃的嗎？」

「馬上來。」路易說：「烤箱裡有些西班牙豆在溫著，我燉了一天等你來嚐一嚐。」

「燉豆子？」她問。

「不盡然，你煮它，用油炸，用大蒜和它搗成泥。你沒試過墨西哥炸豆。」

「沒有，聽起來挺不錯的。」

「馬上就好，別急。」

路易進廚房去忙他的豆子。

海倫小心地對我說：「唐諾，你問過我錢的事，你自己現鈔夠用嗎？」

「還兜得轉。」

「我不相信，你還有多少旅行支票？」

「不要擔心，我還過得去。」

「給我看一下。」

「我說過，還可以。」

「來，給我看，旅行支票在哪裡？」

我拿出來，還有三張二十元的旅行支票。

她笑道：「照目前開支，過不了幾天。我也想付一點我的開支。」

「不可以。」

「為什麼，我又不是沒有錢，我還挺肥的，我要出自己的一份，你不准拒絕。」

她打開皮包，拿出一卷鈔票，剝下三張二十元的放回皮包，把其餘的全要給我。

我搖搖頭拒絕。

「好，我不出錢，這算是借給你的。」她說：「你有錢時還給我好了。」

「這裡是多少？」

「我不知道，三四百元吧，你可以數一數。」

我數了一下，這一卷有四百五十元。

「你哪裡來的？」

「本來就在皮包裡的。沙包和我分手前就有的。」

我把錢放進口袋，一字不提在賭場俱樂部見她的事。

飯後我們開車進城看了場電影。路易只管自己，海倫也不說話。

回家路上海倫哼著流行小調。到了門口，她叫大家停在門口，仰望星辰。突然說：「天下無不散之筵席，我只希望美好的不要散得太快。路易，是不是？」

路易說：「你在問我嗎？我們處得不錯，物以類聚。」

我們大家歡笑，進門。

我等到海倫去淋浴，準備上床，才說：「路易，我要去拍份電報，我要進次城。告訴海倫不要等我，我要等回電所以會晚一點回來。」

我說得很小聲，只要路易聽到。

「沒問題，」路易說：「不要亂跑黑巷子，萬一有人找你麻煩，不要忘記老孫這套一——二——，要打就要——」

「我會記住。」我保證，輕輕開門，坐上汽車。

在城裡，我專找大的醫院。我有耐心，很小心——標準的跑腿工作。把名片給醫院管理單位的人，告訴他們有一個人失蹤，我正在找她。就說有可能是記憶喪失。所以希望他們查查所有記憶喪失的住院病人。

「我們倒是有一個記憶喪失的病人，」一家醫院說：「一個年輕女子，只是只來了半個小時。大概不可能是——」

我把口袋中傳可娜的照片抽出。「不可能是這個人吧？」我問道。

「我不知道，我沒有見過她。但我可以問那一層樓的護士。」

數分鐘後，一個臉和她漿過的制服一樣硬的護士，懷疑地看著我，又向下望一下那張照片。突然激動地說：「啊！那就是她，沒錯就是她。」

「你能確定是她嗎？這種事不能弄錯。」

「不會，一點問題沒有，她到底是誰？」

突然我改變態度，變成十分小心。「我是在替一位雇主工作。」我說：「在我和雇主聯絡前，我不能自動提供消息。不過告訴你一點點沒關係。她在她結婚——幾乎是前夕失蹤——過度緊張。我可以見她嗎？」

「那我要請問主治醫生。」

我說：「要是你能百分之百確定是這個女郎，我就不必等醫生回音了。反正她又不認得我。我先去交差。」

「不過，你知道她過去，你去提醒她，也許可以使她回到過去，回復記憶來。」

「我不想冒這個險，最好還是讓雇我的人來找醫生。」

「不錯，這樣是會好一點。」護士說：「請你留個姓名和地址。」

我把名片給她。櫃檯上護士說：「我已經有賴先生的地址了。」

我離開醫院，爬上老爺車回去。荀海倫穿著睡衣、睡袍，坐在沙發上。

「怎麼你還沒有睡？」我問。

「我在等你，今天一天你都知道晚上還要進城，是嗎？」

「是的。」

她看著我，想看透我心事。她說：「唐諾，我想筵席要散了是嗎？不要不好意思。我們什麼時候離開這裡？」

我說：「我立即要找飛機去拉斯維加斯。我在明天早上應該可以回來。」

「要不要我送你去飛機場？」

「路易可以送我去。」

「我喜歡送你去。」

「那也好。」我說。

她走去寢室，下顎向上，雙肩輕鬆愉快。

路易走出來，問道：「怎麼啦？」

我說：「路易，我要你聽著，我拜託你一件大事。」

「什麼事？」

「請你看住海倫。」

他奇怪地問我：「海倫怎麼啦，你想她會騙——」

「我說照顧她，保護她。今晚我不在這裡，但不論她到那裡，你要跟在她身邊，要全力保護她，不能出一點事。」

「為什麼？到底怎麼啦？」

「她有危險。」

子。」

「什麼危險？」

「有人會希望她死，謀殺。」

他濛濛的眼突然有了生命：「放心，交給我，絕不會叫她吃一點虧。」

我們握手。

海倫自房中出來，一手仍在扣衣袖鈕釦。她背向我說：「來，幫我扣後面的釦子。」

我幫她扣好上衣背後的釦子，幫她穿上外套，她慢慢轉身，身子正在我懷中。她雙眼向我看著，嘴唇半張。她點點頭，我就輕輕吻她一下。

「好了，唐諾，我們走吧。」

路易想起我的囑咐說：「我跟你們去，萬一回來時輪胎又扎了釘子。」

她看著他，搖搖頭。

路易看著我。「現在沒問題。」我說：「她回來之後，你要記得。」

他猛點頭。

「你們兩個說些什麼？」

「我叫路易隨時看護你照顧你。」

她像自尊心受損似地說：「你不必以為我是小孩子。」

「不是因為這些，」我說：「另外有原因。」

「什麼原因？」

「另外的原因，我明天會詳細告訴你的。」

她不再問問題。走出去發動車子。去機場半路，她說：「唐諾，一件事希望你知道，我並不要求你每件事給我說明白，讓我都瞭解。」

我把手放她前臂上，輕輕拍了一下。

「你有了這個心意，我已十分感激。」她又繼續說：「我只希望能做點什麼事，對你有利。」

我們無聲地一路到了機場。

星星友善地在天上，氣候是冷的，但乾燥的大氣十分舒服。再一次她鼓勵我和她共站在滿天星斗之下，這次她靜靜地什麼也沒說。

我吻她，向她道別。

「要我看著你起飛嗎？」

「最好不要，外面那麼冷。」

「我堅持看你離開，又如何？」

「我就同意。」

「我要看你起飛。」

「那跟我進來。」

運氣好，正好有一架飛機可以出租。機主就是駕駛也正好在場。他正和另一包機駕駛在聊天，另一包機是有人包去舊金山搭船的。

我的包機滑出廠房，加油，檢查後，引擎開始越轉越響。海倫把手伸過我的臂彎，站著看飛機在黑夜裡的一切動作。

駕駛向我點點頭。海倫說：「飛機！好好照顧這個人。」又抬頭說：「唐諾，旅途愉快。」突然轉身，快步離開。

我看著她頭也不回地離開。駕駛說：「上機吧！」我爬上飛機。

我們滑到跑道頭上，轉回來，加速，起飛。我從窗口下望。海倫站在汽車旁。望著我乘的飛機，我只能見到她的側影，和汽車的反光。飛機一轉彎就什麼也看不見了。過了一下，城市的燈光落在機後。

第十六章　結案報告

柯白莎正在主持一個派對。

我站在旅社她的房門外，聽得到房裡的笑聲。很多模糊不清的聲音，表示房裡有很多人，而且每個人都在發言，我敲門。

柯白莎說：「誰呀？」

一個男人聲音說：「一定是旅社送冰來。」

門打開一二寸，我聽到白莎的聲音：「把門打開。」

門鏈被人打開，我就推門進去。

裡面真是高朋滿座，彭家三人都在，艾保羅也在，還有華亞賽和華費律。柯白莎斜依在長沙發上，脅下放了個枕頭。她穿了一身開口很低，露背夜禮服。

房間當中一張桌子上都是瓶子，杯子分散在室內各處。一只鍍銀冰桶打開著，裡面只有一寸水。菸灰缸裡塞滿了菸灰，香菸屁股和雪茄尾巴。房裡空氣混濁，男士們都穿了晚宴服。

柯白莎眼睛突然睜大，因為看到了我。全場也突然鴉雀無聲，好像有人突然把收音機關掉了。

柯白莎說：「我的老天爺！」

我站在門旁，所有人放下酒杯，好像我是禁酒時期的官員一樣。

「唐諾！」白莎凶狠狠地說：「你都到哪裡去了？」

「我去了雷諾，我找到傅可娜了。」

現在房間中變得完全沒有聲音，所有人好像連呼吸都停止了。第一個倒抽一口冷氣的是彭太太。差不多同時彭若思歎了一口氣。

華費律伸開雙手，向我走來。

「她怎麼樣？」他問：「她還好嗎？沒怎麼樣吧？」

「她在醫院裡。」

「喔，」他說，過了一下又說：「喔，老天。」

「腦筋。」我解釋。

他看著我，好像我插了一把刀進他胸部似的。

「記憶喪失，根本不知道自己是誰，有什麼親友，或從何而來。其他健康正常。」

「在雷諾？」

「是的。」

費律看看他父親：「我們必須立即趕去。」

華亞賽舉手向他稍禿的前額，摸了一下後面的頭髮，又重複了兩次。他偷瞥了彭家騰一下，又望向我問：「你怎樣找到的，賴？」

我說：「荀海倫知道得比我們想像要多。」

「你又怎麼能叫她開口的？」

柯白莎開口代我回答：「和她們鬧戀愛呀，還會有什麼法寶。她們都會中唐諾這個老計策。她給你說了些什麼？親愛的。」

「我等一下給你寫報告。」我說：「機密書面無副本報告。」

我轉身看著華亞賽。

費律說：「快一點，爸爸，我們一定要找架飛機。」

華老先生說：「當然，當然，我們必須立即出發。賴，她——你看她有希望完全恢復嗎？」

「依我瞭解她身體情況完全正常。完全是心理反應。」

「心理對什麼的反應？」

「醫生說是因為心理上的震驚，可能起因工作繁忙。或精神緊張。」

「你對醫生說些什麼？」

「什麼也沒說。」

華亞賽轉向彭太太，同時向著家騰及若思。他說：「實在說這是一個意外——我說是驚奇。我想你們會原諒。」

彭太太立即站起來：「當然，亞賽。我們真希望能幫你做些什麼事。你知道目前我們幫不上忙，你只好自己來了。」她眼光突然轉向我，仔細上下地看著我，直看到我有點寒寒的。她說：「你終於找到了她？」

我點點頭。

她冷冷地笑道：「我就有感覺你會找到她。」她又向她女兒說：「若思，我們走。」家騰幫助她們穿上外衣。白莎送他們到門口。彭太太停下來說了些夜晚很愉快一類的客套。白莎根本懶得應酬他們，只是等他們走上走廊就轉身，用腳跟帶上門大聲地說：「我就知道你要和那女人私奔有點怪里怪氣。原來是追隨線索。唐諾，你又花了不少錢吧？」

「是不少。」

「嘿！」白莎自鼻噴氣作聲。

費律說：「請大家不要浪費時間。」

華亞賽看看錶：「這時候這裡怕不易租到飛機了，但我們還得試試。必要時我們可以打電話到洛杉磯，從那裡租調一架過來。費律，你先去機場，看你能弄到什麼飛機。保羅可以跟你去，幫你忙。我們都聽你的，由你決定。」

「我有租架飛機從雷諾來。」我說：「除駕駛外，還可搭三名乘客。」

白莎說：「那好，我可以留在這裡。艾先生可以跟我在這裡等。亞賽，你和費律可以立即和唐諾走。」

艾先生說：「我們倒也不必操之過急。說起來她現在是挺安全的。醫院也不見得半夜三更准我們接見病人。而我看目前最重要的是給她一個合適的醫生。亞賽，你看有沒有可能找到解大夫，請他飛去雷諾和我們會合。我知道，這種記憶喪失有時再震驚一下會突然痊癒，但我也知道，有時可能永遠不再回復記憶。最重要的是病人本身及最初治療的大夫。」

華亞賽說：「保羅，你說得對。打電話給解大夫的事，由你負責。先看看我們能找到什麼飛機。假如飛機要從洛杉磯來，解大夫正好一起來，在這裡會合一起去雷諾。」

費律這時已站在門旁，一隻手在門柄上。「我們走，保羅，」他說，又向他父親：「大夫的事你決定，我反正先要去看她。」

艾保羅與華亞賽交換了一下眼神。艾保羅跟了費律走回走廊。

華先生轉向我說：「我想我要感謝你囉。」

「為什麼？」

「你好像不知道似的。」

「你要我找到她，不是嗎？我就去找到她。」

他說：「你告訴柯太太，你想那封信可能是我述寫的。你也告訴柯太太我可能資助她經費。顯然的，你這個年輕人，對我心裡在想的，明明知道。但沒有照著去做。」

我說：「我受雇做一件工作，她給荀海倫的信，用的是你專用的信紙信封。信紙的上端用裁紙刀裁掉，女人身邊不會帶裁紙刀的。女人要是想裁去信紙的上端，會用剪刀，或是摺一摺用手來裁。很少很小心地用裁紙刀的。」

「那又怎麼樣？」

「信是晚上寫的，是深夜十二時之前發出的。信紙是你辦公室專用的。以我看來，信是在你辦公室寫的。」

「又如何？」

「她寫信的時候，有男人在場。她去你辦公室之前，又沒有要寫信的準備。否則她會先寫好信，或是回家再寫。在我看來，她到你辦公室去，在那裡見到個男人，和他談話，由於這場談話，她決定寫封信。為了某種理由，這封信還是要求『當時，當地』寫好。她寫了，男人把印在信紙上的公司名稱地址裁掉。再供應一個貼好郵票的信封。傅可娜第二天就神秘地失蹤了。失蹤現場佈置成她的失蹤，不可能是她的自願。她的皮包，裝著她全部財產留在桌上。她要離開，不帶錢怎能走動？當然另有資助。

「自她給荀海倫信中指出她是自由意志下離開。由於某種情況使她陷入困境，特別是使她要結婚的事有所不便。這封信你又非但是知情的，而且像是一手導演的。你願意出錢雇用一個偵探社來辦這件案子。你設計好要偵探到這裡——拉斯維加斯來見面，而且從這裡開始查。你唯恐我們不去調查荀海倫，因為那是你精心設計的，因為信在她手中。另外還有一點，你的身邊，常帶著貼好郵票的信封。」停了一下，我又說：「把我說的聚在一起，假如你是個偵探，你會怎麼想？」

白莎說：「你真混，唐諾。他是我們雇主，也是朋友。」

「沒錯，」我說：「我是向雇主做報告，我還沒有向任何其他人說過這件事。」

華先生說：「你說還沒有，聽起來像威脅。」

我沒有回答。

華先生問：「有關記憶喪失的事，到底有幾分是真的？」

我說：「我起先就有個概念，她的失蹤和以前的婚姻有關。」

「怎麼會想到的？」

「她是自主的失蹤。她要保護自己的面子，又要保護費律的面子。她不是那種用錢可以買通的典型。自各個角度看來，只有以前婚姻因素的混入，才是可能的解釋。」

「所以你去雷諾？」

「沒錯，有人婚姻錯誤，突然失蹤，去雷諾找，準沒錯。」

「所以你一個一個醫院去找她？」華先生諷刺地問。

「正是。事實上只有兩個可能性。請你特別注意——只有兩個可能性。一是以前的婚姻。二是記憶喪失。」

「假如是以前的婚姻，她會去雷諾。假如是記憶喪失，她又為什麼去雷諾？」

「她是兩種原因合併在一起，我們叫做合併症。」我對他露出牙齒，高興地做了個微笑的表情。

「所以你會在醫院裡找到她，多妙！」

「真是妙。我一家一家跑，發現有一位少女，大致與她相似，被好心人送去醫院，為的是記憶喪失。我深入一查，確是傅可娜沒錯。但是這下我自己陷了進去。因為醫院正在找尋她的親友。我一出面，他們當然拚命要我說出她是什麼人。我什麼也沒有說。」

華先生又伸手摸摸光禿的前額，把手拖後整理一下後半腦袋的頭髮。「假如你找到荀海倫，」他說：「向她要到那封信，就此結案。對我來說最為值錢。」

「那你為何不早告訴我要我怎樣去做？是你親口告訴我們，要我們找到傅可娜。」

他突然把手伸入褲子口袋。「我從報上看到，」他說：「那個和荀海倫同居的男人，是薛堅尼。」

「他們不是同居關係，是商業夥伴。」

柯白莎鼻子有病，又重重地嘿了一聲，還彎了下頭。把屁股在沙發上扭一下，重新放個位置。

華亞賽說：「你沒有跟我商量，不加考慮，當眾宣佈你找到了傅可娜。費律當然急著要去看她。堅尼又死了——被人謀殺了。她真的運氣變好了。可憐的孩子受了精神壓力，她什麼都忘了。萬一她能夠見到費律，立即一切都記起來了，不是更妙了。她又會忘記從辦公室出走。到再見費律這一段時間她做了什麼。她可以放心大膽結婚了。」

我注視他雙目說：「那不是會使你兒子十分快樂嗎？」

他把雙手互握，「也許，」他說：「也許我太關心他的永久幸福，而忽略了他目前所迷戀的了。」

「多半如此。」

「我想，你不會特別重視費律目前迷戀的吧？」

「你雇用我去找到傅可娜。我找到傅可娜。」

柯白莎說：「亞賽，這一點唐諾說的是對的。你應該什麼都不瞞我們。我早告訴你唐諾是有能力的，工作快速的，他——」

「閉嘴！」華先生連眼光都沒有離開我，但高聲命令著。

白莎從沙發上彈起來，一如一隻橡皮球從二十層樓抛下。「你以為你他媽的跟什麼人在講話，」她喊道：「不要叫我閉嘴。你——這個冷血的偽君子，一嘴的好聽話，一面孔的假道學，叫一位女士『閉嘴』？你雇用我們做一件工作。現在工作完成了。拿出你的支票簿來。我們結帳。」

華先生完全不理睬白莎，他向我說：「我想你準備來一點敲詐。」

「憑什麼？」

「不照你條件，你就告訴費律實情。」

我說：「我把實況向柯白莎報告。她怎樣經營她的偵探社與我無關。決不左右她。不過你假如繼續想做你的鴕鳥，把頭埋在沙裡。你不要忘記，拉斯維加斯的警方對這件事，還是十分感到興趣的。」

「這和他們有什麼關係？」

「你忘記了？還有件謀殺案未破呢。」

「你說我們這件亂七八糟的事，與謀殺案有關？」

「不是沒有可能。」

「等我把這件案子弄清楚，我想我會看到一隻鉤子，是你埋在那裡等大魚上鉤，好開價錢的。」

我點上一支菸。

白莎說。「你最好少做你的白日夢，回到現實來。據我看，你和本社的關係尚未脫離。你還需要有人幫你忙，從那件兇殺案裡脫身呢。」

「兇殺案？我脫身？」華亞賽大叫道。

白莎的眼光閃閃地看著他，硬心地，貪婪地：「你倒亂會裝蒜的。不要忘了，有個女郎看見你在現場。」

華先生開始微笑，一種勝利在望的笑容慢慢自臉上展開。他說：「好玩的事還有呢。傅可娜有記憶喪失症。她記不起，失蹤那天自開始打字，之後的一切行為。下一個她記憶的是費律突然出現在她面前，使她震驚。」

「你想說什麼？」我說：「都說出來好了。」

「好，你聽著。傅可娜是個撈女。她結過婚，現在又來騙我兒子和她結婚。她用假情假義套住我兒子，她是想找個金龜婿，但是她尚未離婚的丈夫不識相地出現了。可娜立即失蹤。那不識相的丈夫也立即被謀殺。這傢伙一死，一個私家偵探就有本領在醫院中找到她。患的是記憶喪失症——記憶喪失！因為那擋路石已經死了。所以那女孩自由了，隨時可以結婚了。我不會低估你的能力。我保證那女孩子，一看見我兒子，什麼病都好了。你也不要低估我的能力。我不會吃這一套。去相信這是真的。事實上，她有謀殺薛堅尼的動機。她希望除去堅尼，她知道找到荀海倫就找到薛堅尼，賴，另外還有一點，不知你想到過嗎？」

「什麼？」

「因為她不記得這段時間的一切，她就不能否認她也在拉斯維加斯，她也不能否認她殺了薛堅尼。」

「又怎麼樣？」

「你有架飛機租好在等你。」他說：「我們也會租架飛機，你先走就比我們先到，我們到的時候要是可娜不在醫院裡，就不會有人把她和兇殺案連在一起。」

我說：「免談。」

柯白莎說：「你以為我們是什麼？」

華先生用手做了個無奈的手勢說：「好，我換一種方法說。費律是我獨子，是我在這世界上獨一無二的親人。我知道他經驗少。沒見過壞人，敏感而多情。易受環境影響，那是因為他自小失去母愛所致，所以他的婚姻會直接影響他下半輩子的幸福。

「我希望你們能重視我的智慧，希望你們承認，我比誰都更瞭解費律。他的快樂是我的一切。假如傅可娜會是他的好太太，我上天入地會親自去求她，你們知道，唯一我不贊成這樁婚事的原因，是我認為傅可娜不是他真正結婚對象，她不會持續婚姻太久，她會撕破他的心。有的人可以再結一次婚，有的不能，費律是不能再婚那一類。」

我問：「你兒子要是發現她結過婚，會怎麼樣？」

他微笑道：「你現在的問題，應該先問你，他怎麼會發現她以前結過婚，我什麼也不能說，一說什麼事都穿幫了，她不會說。因為對她不利的都可推到喪失記憶上，多方便！當然婚後假如費律知道了，那是婚後。喔，這些問題推給我辦，你確是聰明的，你將我一軍，將得漂亮，差點將死，但沒有將死。」

我見到他眼睛變得更亮，他又接著說：「不要忘記，任何人對我不利，我會無情地反擊，我和費律到達雷諾的時候，假如她還在那裡，請不要怪我心狠，我會請當局拘捕她，一旦她把記憶喪失拿出來做擋箭牌，她就死定了。」

我大聲，手足軀幹並用地打了個呵欠。

他怒目向下看我：「你這個傲慢、無禮的小雜種，我是說真的。」

我伸手進口袋。

他走向房間另一側，拿起電話，對我們說：「我現在就打電話到警察局。」

我自口袋拿出那封從傅可娜雷諾公寓中取來的信。

華亞塞只看一眼那信封，立即把手中話機放下，好像十分炙手似的。我說：「我在雷諾打聽，想像中應該有封信寄給她的，果然不錯。」

他站在那裡，像石膏像。

「郵政法律裡有這麼一條，你這種行為是要受罰的。」

我平靜地說：「我特別注意艾保羅，他那麼熱心提醒你要寄有關開標的信。幸好你同意了，由此可知，他對你的『業務』是十分瞭解的。」

白莎說：「唐諾，你在說什麼呀？」

我說：「也許費律願意接受事實，因為愛她，無論她結過多少次婚，仍願娶她為妻？華先生，你是個愛家的人，沒有費律你不會高興的，老的時候，和子孫不相往來，你會寂寞的。」

即使我給他來次老孫的基本手段，一——二——，也不見得會打擊他更重些。

「換了我是你。」我繼續：「我覺得她的記憶喪失，正好救了我自己。」

他勉力招架地說：「要是現在費律發現她欺騙了他，費律會離開她，起先也許很傷心，但過一段時間就好了。」

我說：「你錯了，他沒有辦法發現，我自己——現在要出去吃點東西，二十分鐘後再見。」我走出房間，把他和白莎留在房內。

我蹓躂到街上，走進一個酒吧，拿了根牙籤，回到柯白莎的房間，她一個人在房裡，我問：「華亞賽呢？」

「去收拾點行裝，你實際上不必如此對待他的，親愛的，你對他老有成見。」

我說：「我用記憶喪失給他一個擺脫一切的補救機會，他太笨了，不能瞭解。」

「不，不是笨，只是太自信費律會照他意志做事。」

「費律在戀愛。」

「唐諾，他那封信怎麼回事？寫點什麼？」

「沒什麼大不了的事。」

她生氣地看看我，電話鈴響，她拿起聽筒說：「哈囉。」過了一回又說：「好，我們就來。」她掛上電話。「費律租了一架飛機，加上你租的一架，我們都可以去雷諾，他要我們立即動身，唐諾，信裡說些什麼？」

我站起來，走向房間。「我們走，不要叫他們等久了。」

第十七章　海倫的信

柯白莎和我同機，其餘的都乘費律租的飛機，最後一分鐘艾保羅才決定同行，什麼理由也沒有，只是跟著晃晃。

一起飛，有韻律的引擎聲就催我入眠，好多次白莎想吵醒我問我問題，我用是呀否呀的支吾以對，側身又睡。「唐諾，你不可以和華亞賽作對。」

「嗯哼。」

「你這小鬼頭，白莎知道你不會真去愛上一個女人的，你愛女人沒錯，我的意思是真正愛上一個女人，你喜歡你的職業比喜歡女人更多，是不是？唐諾，回答我呀！」

「是。」

「告訴我，荀海倫有沒有殺掉和她同居的男人？」

「她沒和他同居。」

「噢？才怪。」

「商業夥伴。」

「鬼才信。」

我沒有出聲，過了一下，白莎說：「你還沒有回答我的問題。」

「什麼問題？」

「她有沒有殺他？」

「我希望她沒有。」

我沒張眼，也猜得到白莎有光的小眼睛，正在仔細看我臉上表情。她說：「至少荀海倫知道什麼人殺了堅尼。」

「也許。」

「她不敢告訴警察。」

「可能。」

「我打賭她全告訴你了，你有你的特別方法，小鬼頭。唐諾，告訴我，你用什麼方法，你用催眠術？一定是，要不然怎麼行，當然不可能像洞穴人一樣，給她一棒子，再不然給她們打一架，女人喜歡男人為她們打架，也喜歡照顧被打傷的人，唐諾，怪不得你常常眼青鼻腫的。」

我的頭直向前倒，進入睡眠狀態。白莎把我頭扶回，又不斷拍我的肩。

「親愛的，你有沒有想過，這件事有什麼後果？」

「什麼後果？」

「華家有錢，有勢，亞賽又有頭腦，他不會喜歡受人擺佈。」

我什麼也沒說。

「我打賭姓荀的女人，你要她做什麼，她就做什麼。」

這句話當然不是問句，不須回答。

白莎說：「要是姓荀的真知道兇手是誰，兇手現在已怕得發抖了。」

我說：「我想她是知道的。」

「那她一定告訴了你。」

「沒有。」

「但是，一旦警察問她，她會說出來。」

「我看不見得。」

「唐諾。」

「嗯。」

「你想兇手知道不知道？」

「知道什麼？」

「荀海倫不會說出來。」

「那還要看兇手是誰。」

白莎突然說：「唐諾，你知道兇手是誰，是嗎？」

「我不知道。」

「不知道什麼？」

「不知道我知道不知道。」

白莎說。「這算什麼回答？」

「是不算回答。」我同意她的見解，沒幾秒鐘就進入睡鄉，飛機落地才醒來。

柯白莎坐在她椅子中，直直的，神聖不可侵犯的樣子，充分表示對我不太滿意，由側窗外望，另一架飛機也正好在降落。

我們齊集後，艾保羅先開口：「我看到有架班機十五分鐘後飛舊金山，我看我就從這裡去舊金山好了，好在一切都已解決。」他看了一圈。目光和老華先生相遇：「祝你好運，華先生。」

他們握手。

費律說：「我才真需要有人祝好運，爸，你看她會認得我嗎？」

華老先生澀澀地說：「我看她一定會的。」

艾先生和費律也握手說：「抬頭，挺胸，我們都是後盾。」

費律想說什麼，但他發抖的嘴唇有點不聽使喚，艾先生立即用一連串的輕拍，拍在他肩上，掩護他的窘態。

我們集在一起等候用電話叫來的計程車，我說要打個電話所以暫時離開他們，我想打個電話問路易和海倫好，但是那郊外加油站的電話，沒有在電話簿中，我走回來，原地跑步增加熱量，繼續等候計程車。過不多久，計程車過來，大家開始進入，華亞賽向艾保羅吩咐幾句話，握手，最後登車。

「什麼醫院？」白莎問。

「慈愛醫院。」我告訴計程司機。

我偷偷地看老華先生，他沒有任何表情，裝著老式的紳士樣，連眼皮也不眨一下。費律正好相反，他咬著下唇，摸著耳朵，扭著身軀，向車窗外望，避免和我們眼光相遇，無疑不希望我們猜測他的想法。

我們停在醫院前面，我提示白莎：「現在開始，單純是華家的家務事。」

華亞賽對兒子說：「我看你可以一個人先上去，假如她見到你不認識你，不要太失望，我們還有解大夫。」

「假如看到我之後，她回復記憶？」費律問。

他父親放一隻手在他肩上說：「我在這裡等你。」

柯白莎看看我。

我說：「醫院常使我毛骨悚然，我出去溜一小時回來，有事要我做，也不會誤了正事。」

白莎問：「你溜去哪裡？」

「喔，我還要去做些零星的事，我還用那計程車好了。」

華亞賽向白莎說：「看來只剩你我兩人，一起在這裡踱方步了。」

「不要把我計算在內。」白莎說：「我跟唐諾進城，一小時回來，一起早餐好了。」

「就這樣說定。」

白莎向我點頭。

亞賽用費律可聽到的大聲向白莎說：「我真不知怎麼說我感激你們——我會報答你們的，我想你們都知道。」他把手有感情地放在白莎肩上：「你對我的瞭解和同情更是到了極點，我仍希望你控制全局。你——」他的聲音塞住了，他在她肩上輕拍了三、四下，急速地轉身。

費律在櫃檯邊問詢，跟了個護士，走向電梯，亞賽獨自走向一張椅子坐下，我和白莎走出大門，高處的空氣，寒冷入骨。

我模稜地說：「我們可以乘車進城，再——」

白莎用手抓住我臂彎，把我轉過來面對她，又把我推後兩步，靠到醫院的牆壁上。「不要跟我耍這一套。」她說：「你騙得過別人，騙不過我，你要去哪裡？」

「去看荀海倫。」

「我也去。」白莎說。

「我不需要電燈泡。」

「那是你在說。」

我說：「你想想看，這時候她還在床上，我不能吵醒她給你介紹——」

「少來，她在床上，你就不會走近那張床，你不是那一型的男人，你會在門外站崗，賴唐諾，你到底賣什麼藥？」

「我都告訴你啦。」

「你的葫蘆裡還有一些我沒有看到的。」

「好，你有興趣，我們一起去。」我說。

「這才像話。」

我們走向計程車。

我告訴駕駛：「我們要出城，我叫你停才停，我們出去後你在原地等，等我們一起回來這裡。」

他看看我，有點疑問的樣子。

「過了火車平交道，把碼錶歸零，我要隨時看里程，等候的時候，以等候計費，但是車燈不可以開，引擎也要熄掉，懂嗎？」

他更懷疑地說：「看來你們沒有問題，但是那麼冷，又那麼黑，到郊外去，在公路邊上一個人等。再說——」

我送十塊錢過去，「夠不夠？」我問。

「沒問題。」他微笑說。

「一過平交道，把碼錶歸零。」

「錯不了。」

柯白莎把自己靠到座位上：「給我支菸，親愛的，告訴我，搞什麼鬼。」

「什麼人殺的薛堅尼？」我一邊問一邊遞了支菸給她。

「我怎麼會知道？」

我說：「一定是和華亞賽很親近的人。」

「為什麼？」她問。

「薛堅尼玩點敲詐的名堂，有人出賣了他。」

白莎忘了為香菸點火：「講給我聽。」

「最重要的一點在這裡，荀海倫並未寫信給傅可娜，另有人以荀海倫名義，寫信給傅可娜，而且要她回信。」

「說下去。」

「假如可娜真相信那封信，以為她先與費律結婚，堅尼會辦離婚，她和費律的婚姻，當然是重婚，而薛堅尼自然絕不會辦離婚，薛堅尼就可以長期敲詐，把她詐乾為止。」

「你相信荀海倫沒有寫這封信？」

「我知道她沒。」

「為什麼？」

「第一，她告訴我她沒有寫。第二，女人給女人寫信不會用這種口氣及解決方法，一定是另有人寫，而且這個人又和荀海倫很熟。」

「你怎麼知道。」

「因為指定回信是郵局留交荀海倫親收的。」

「為什麼不指定公寓地址呢？」

「因為回信根本不要荀海倫收到，荀海倫初到拉斯維加斯時是由郵局留交收信的，有的時候由薛堅尼代她去郵局拿，他可能有她書面委託書，或郵局人都還認識他。」

「我懂了。」

「郵局的人工作效率太好了，這是他百密一疏，也是出此意外的原因之一。」

「我懂了，我懂了。」白莎說：「你說下去，他們把信批送到了公寓，荀海倫收到了這封信，但她不知所云，可是和堅尼之死，又有什麼關係？」

「因為堅尼是主謀之一，但他根本沒有想到有人在他後面，有人要——」

「要插一腿，要分一杯羹。」

「不是。」我說：「薛堅尼已利用完了，薛堅尼的部份是有人利用他，所謂以後可以用來敲詐是引薛堅尼入套的餌，利用他的人清楚傅可娜的為人，知道傅可娜收到信，不會去結婚，利用他的人目的並不在敲詐，而在於阻止這樁婚姻。」

「那是什麼人，這背後人是誰？」

「很多人都可能，華亞賽，彭家三人中任何一個，或三個都參與，也可能是艾保羅，甚而費律本人。」

「說下去。」

「這是個很好的計劃，進行也十分順利，唯一困難是目的達到後，堅尼知道自己被人利用了，他當然不高興，威脅著說要宣佈出來。」

「最後自己吃到了衛生丸？」白莎問。

「就這樣。」白莎說：「華亞賽不會做這種事。」

「他可沒有不在場證明。」

「彭家人怎麼樣？」白莎指出來。

「這一家人都精得像鬼，我可一點也信不過他們。」

汽車已經過雷諾最熱鬧的主街，也經過了兩旁有樹的住宅區，白莎說：「所以，你現在去找荀海倫，要她說出來什麼人在幕後主動的。」

「我已決定不要把她混進這件事裡去，我只希望兇手也能讓她置身事外。」

「我不懂。」

「非常抱歉告訴你，我把你留在拉斯維加斯，主要是讓你不斷的廣佈我是壞蛋，我竟然不管你，而和荀海倫私奔了，這件消息只對一個人有影響。」

「誰？」

「那兇手。」

「亂講，」白萍說：「我想這些都是無稽的，你可能真愛上了荀海倫，你擔心她，保護她，所以才會想到有人會想傷害她，要是真像你所想的，白莎倒要看看誰能傷害她。」

「你可以在車裡等，假如你怕打架。」

「但是，這些人當中，暫時誰都不可能趕來呀！」

「這倒不一定，你看，艾保羅留在機場；華亞賽沒有和他兒子一起上樓。彭家騰是個駕機好手，他有四分之一架飛機，費律急著要租飛機，家騰什麼也沒說，為什麼？」

「可能因為他只有四分之一主權。」

「可能，也可能因為他自己急著去別的地方。」

「可能要帶他姐姐？」

「也可能是媽媽。」

柯白莎失望地說：「無中生有，庸人自擾，唐諾，這都是妄想病造成的後果，我真應該在醫院裡等，還好一點，我覺得你有神經病。」

「本來就叫你不要來。現在還可以讓車先送你回去。」

白莎歎氣說：「世界上的事情本來是矛盾的，我要是留在這裡，天寒地凍的受罪，什麼也不會發生，要是硬說你妄想病，神經病，乘車回雷諾，三十分鐘後，你捉到了兇手，你又要笑我，不管怎麼樣，唐諾，我跟定你了。」

「好，可是你自找的。」

「跟我那麼久，你還沒有摸清楚呀！」

我用手兜住眼睛，自車窗口望出去，不斷看清地形地物，我們正在爬一個小山丘，拐彎下山到彼側去，加油站和在它後面一百碼處的平房，不久經過，落在後面，我把車窗搖開：「請在這裡停車。」

他靠邊停車，我說：「把引擎熄火，不要開燈。」

「我不懂。」

「我要你在這裡等我。」

他拉上手剎車，熄火，關燈。他說：「可能你計算里程錯了，這裡附近什麼也沒有呀。」

「沒關係。」我告訴他：「我要出去看看。」

柯白莎跟我出來，東方天邊一點點白，只是比較白一些，還沒有顏色改變，自溫暖的計程車中出來，更顯得露天的冰冷。

我們開始步行，駕駛起先看著我們，之後自顧自轉回把大衣領豎起，把身子縮下。

白莎問：「有多遠？」

「半里的樣子。」

她突然停住：「去你的，我要回車裡去。」

「也可以，你叫車送你回去好了，我這裡有部老爺車，回城沒問題，我看看沒事情就回醫院。」

白莎沒說話，顧自回計程車，我走了五十碼，看到計程車重又亮燈，我走向路邊，後面計程車調頭，經過我，紅紅的車尾燈消失後，我又回到路面上走。

東方亮光已更明顯，任何地物，可因為灰白的天幕上出現黑影而容易辨別，加油站已在望，其後一百碼處的平房亦在望，我找了一個陰影，開始等候。

東方光度更為加強，有人假如早在暗中注視，會見到我從公路走近，不可能看出是什麼人，但是我走過來時太不小心了，冷得厲害，又有風，凍硬的耳垂，弄不好會給風吹斷，我的鼻尖也冷，我想原地小跑步，但是不敢，公路遠處有汽車聲——奇怪那麼遠可聽得很清楚，輪胎在公路上轉著，我焦急地等著，這可能是我要的人，現在我等在這裡，我不能預料會有什麼結果，假如路易又喝醉了？假如我等到的人有支槍，又不聽我說話就——？假如——。那車自轉彎處拐過來，車頭燈照著路面，它連慢都沒有慢下來一星些兒，駛過我身邊，直去遠方，燈光消失，連聲音也消失在寂靜的黑暗中。

我把雙手放在兩側的脅下緊抱著，全身發抖，牙齒上下互相打架，雙腳好似在冰裡，再也沒有車來，沒有聲音，只有寒冷包圍著我。

我把錶面朝向東方，但看不清時間，日出後也不能立即暖和，我實在忍不住這種酷寒了，我領教了乾燥的冷空氣吸收人體溫的力量，不論穿多少衣服，都是無用的。

我不想吵醒海倫，我用足尖悄悄走到另一窗口，用小聲，小心地喊：「路易，哈囉，路易。」

沒有回音。

我撿起一塊小石頭，輕聲地敲向玻璃窗。沒有反應，我用小石頭刮牆壁，繼續輕呼，還是沒有回音。

東方已成橘色，星星已全部退縮太空，我抖個不停。

我用指節敲玻璃窗，一面喊道：「路易，路易，醒醒。」

此後幾秒鐘的靜寂，對我有如數年。

我轉到屋前，較重地敲門，裡面沒有聲音，我試試把手。

門沒有鎖，一推就向裡開。

門外的確是冷的，但空氣是新鮮的，門裡空氣是封閉的，不動的，更顯得寒冷，我的心裡冷得更凶，路易不應該讓門開著不鎖，我曾一再提醒他，而今晚，當我一直在外面——我用腳把門輕輕帶上，用腳尖輕輕向室內走，地板仍在腳下吱吱作響，路易的房門關著沒鎖。我輕輕打開門說：「路易。」

東方亮光已使我可以清楚地看清屋內一切，床沒有人睡過。

我站在床邊，漸漸讓這一切發現的嚴重性，侵蝕我的腦子。

我一陣風一樣匆忙的跑向海倫的房間，我根本沒時間敲門，握轉把手，一腳就把門踢開。

她的床也是空的，幾秒鐘後我才看到那別在枕頭上，白色的東西，我走過去，拿起來，是一封封口的信，上面有我的姓名及地址。信封已貼上郵票。她大概不能確定我會不會回來。我如不回來，相信房東會代為投郵。

我拆開信封，開始閱讀：

親愛的：

最後只能出此一策。你有你的生活方式，而我有我的生活方式。有史以來，這二種生活方式從未能混於一起過，今後亦不可能。你只是你。我只是我。我現在不能不離城。給你的那捲鈔票，是老辦法弄來，一位與你同行的盯住了我。雖被我溜掉，但他們定將繼續找我。你走之後，我曾與路易詳談。他曾混過，能瞭解我心情。我不能一人玩老虎，須有一拳硬者保護，內行者更妙。路易亦有同感。請相信那只是商業夥伴，彼此君子協定。經沙包一事後，我亦絕不重蹈覆轍。路易深知，我心所歸為何人，路易對你更是崇敬萬分。

此時，你對沙包之事，應已完全明白。實則，我相信自始至終，你是明白的。

此事，不是他，即是我們二人。他有一支槍，存在我五斗櫃抽屜中。他自己租有房子，有的文件他不願放在自己屋裡，我也同意他可占用我公寓中一個抽屜。我也知道抽屜中有手槍一支。那天，他因妒忌接近瘋狂。我把槍偷偷取出。藏廚房洗槽下櫃裡。此處是他不可能看到之處。他在街上看到我倆，又與警察發生麻煩後，直接返我公寓。未開燈躲在壁櫃裡。

我在九時後才返家。才開燈。沙包從壁櫃跳出。他有明確瘋相，我毫無辦法可使他平靜。他發誓要殺死我們兩人。又說警察是我們故意引來。不分皂白，予我痛擊。稍後直衝抽屜取槍。我逃向大門，他比我先到。我逃到廚房，把門關上，尚未及上鎖，他已趕到。兩人掙扎未幾，門被推開，他把我推倒洗槽前地上。我打開櫃門，伸手入內，但他仍不停迫近。

我絕無絲毫悔意。當時亦別無他法。依照你的邏輯，我應該通知警方，在原地等候警方前來，告知實況，任由警方發掘我的過去，問我靠什麼過活，拘捕待詢等等。這些皆非我處理事情的方法。我走向隔鄰，敲門找巫太太，目的只為確定她們不在家。我回公寓，立即開溜。連門都未關。槍已處理掉。不會再被人發現。

另有數事，理應告君。兔鼻女郎姓彭。對費律十分愛慕。華氏企業中有人因不希望費律婚姻成功，請偵探調查傅可娜。因發現可娜往事而轉向薛堅尼。當時我不知薛堅尼之名，我知他為耿哈雷，由於他曾活躍於拳擊圈，故稱之為沙包。

沙包或以我的名義，寫信給傅可娜。沙包本精於偽造。他想將來詐乾傅可娜。此計亦非沙包所設計，而另有他人主謀，於幕後操縱，目的只為破壞婚姻。

費律之父，得知傅可娜回信誤落我手。請彭家人前來找我。男的找到了我，女的多方接近。她曾懷疑沙包，我不知她何以知之，但她已知沙包與傅可娜之間定有關聯。她想自我處套話，但做作十分明顯，我敷衍了事。未予當真。你最後找到我的公寓，我已租用一星期以上。我知道不能再與沙包共處，終須設法永遠分手。分手後。他絕不可能想到我在同城尚另外租有公寓可以藏身。

搶殺事件後，我必須不被發現，我買了大批食物，但回另一公寓時，與彭小姐狹路相逢。她知道我在躲藏，自願協助，原因不知。

沙包於我回公寓時，立即將我兌得之現鈔取去。彭小姐見我時我已接近赤貧。她願意供我食品雜貨，我只好接受。

你的老爺車，我們借用數日。我感覺到你暫時不會用它。不久自當奉回，勿念。

我愛你甚過以往所愛任何一次。離開你為的不要破壞這幾天我們相處，在你心中所留的好印象。我自知緣盡於此，即使強求，結果必反破壞甜蜜的回憶。

路易不知詳情，只知大概。他說只望能為你做些事。假如你想殺死某人，只須在洛城日報分類廣告刊登：「路易，人名為某某某。」即可。所有人都對你好，可見你做人成功。總之，我們想念你，祝福你，都向你說有緣再見。

我裡外都冷得發抖。手更抖得抓不住信紙。我把淋浴的蓮蓬頭打開，脫掉衣服，用忍得住最熱的水猛沖。出來時已稍覺好轉。用乾毛巾擦乾後，來到廚房。感激路易在小事上還對我如此忠心——火爐已清掃，引火柴、木柴都已架好，我只要一根火柴，就可升火暖身。

熊熊火焰上升，我把爐蓋拿開，把海倫的信投入。我在爐上放上咖啡壺，又找了好幾個架子，看著會不會有酒，但沒有。淋浴得來的溫暖慢慢消失，我站在火爐前又開始發抖。

自窗外望，東方已見紅色，太陽已超出地平線，燒木頭的火爐也已發揮功能，我結冰的身體漸漸融化，咖啡已煮沸，我喝了兩大杯。突然發現已經好久沒有進食，只有工作，肚子餓起來了。我打了些蛋，平底鍋裡炒了一下，在烤箱裡烤了些土司。又另外倒了杯咖啡，就在已十分溫暖的廚房享用早餐。

我想吸支菸，但這房子使我心神不定。每一件東西都使我想到她。各處充滿回憶，沒有了她就像座墳墓。

我整好行李，站在日光下，一刻也不願再留在這房子裡。加油站主人出來，一面擦著眼，一面準備開始今天的營業。我走過去對他說：「我要乘飛機離開這裡，其他人已乘車先走。先付的房租不必退了。」

他謝了我，好奇地看著我說：「我想我昨天晚上聽到，你太太和另外那個男人，一起開車走的。」

我走向公路，在公路上走了三分鐘，一輛自雷諾方向開來的汽車，突然靠邊停住。我看過去，心臟猛跳。

是個女人在搖車窗，她的臂和肩擋住了她的臉。我快跑過馬路，走向汽車。車窗搖下，搖窗的手不再擋住視線。是柯白莎。

「你一直在做什麼？」她問。

「把這裡的事都辦完它。」

「沒有人來鬧事吧？」

「沒有。」

「我就說嘛。怎麼會呢？快回去，我們有工作！」

「回哪裡？什麼工作？」

「我們先回拉斯維加斯。那個施警官火燒眉毛又火燒屁股。只有你才能制得住他。」

「費律和那女孩，怎樣了？」

她說：「嘿！記憶喪失。他相信。不關我們事。」

「他們重歸和好了？」我問。

「和好！你應該看到才好。」

「他們在做什麼？」

「兩個乘飛機去洛杉磯了。我們去處理施警官，進來。」

我爬進車坐她旁邊。她對司機說：「好，現在去機場。」

一架飛機在等著，我們登機，我不說話。白莎也暫時不迫我。漸漸睡意來襲，我瞌睡起來。

一輛車在拉斯維加斯接我們。「薩兒薩加夫旅社。」白莎吩咐著。又向我說：「你難看極了。去洗個澡，刮個鬍鬚，到我房裡來，我們一起去找施警官。」

「到底吃錯什麼藥了？」

「他認為你偷運一個證人出境。他又對昨天晚上，所有人突然離開，沒有知照他一下，大大不滿。他認為他有權詢問傅可娜。他認為是謀殺案使你得到找到可娜的線索。你要想辦法給他解釋清楚。最好現在就想個故事。」

我們回旅社。我告訴白莎，我襯衣鈕子掉了，向她要針線。她變得母親般的要照顧我，說要代我縫上，我沒有接受她的好意。

她才把門關上，我急急走向電梯。從旅社到荀海倫公寓步行也很近。我站在階梯前左右觀看直到確定沒有人在注意。把白莎借給我的縫針用力刺進我的大拇指，重重擠出血來。我輕輕走上階梯——又走下來。

我回來的時候，白莎正在打電話。我聽到她說：「你可以確定？……我不瞭解……你向機場調查過？……沒錯，我們下午班機回來。我晚上洛杉磯見你……好極了。見他們代我說恭喜。再見。」

她掛上電話說：「怪了！」

「你是說艾保羅失蹤了？」我問。

她的小眼睛又亮亮，冷冷地瞪著我：「唐諾，你哪來這些奇奇怪怪的念頭。」

「為什麼？」

「你怎知艾保羅找不到了？」

「喔！我不知道呀，是你自己在電話上說的。」

「亂講。你早就知道他會失蹤的。他哪裡去了？」

「我不知道。」

「他沒有乘那班雷諾去舊金山的飛機。他就是不見了。」

我伸伸懶腰，用手掌拍拍張開的口，說道：「我們什麼時候接待施警官？」

「他馬上到。」

門上有敲門聲，我去開門。進來的正是施警官。

「你！」他說。

「正是我。」

「你真不識相。」

「我又怎麼啦？」

「我給你那麼許多方便，你反而溜掉了，叫我不好做人。」

我說：「我是出去為你工作呀。」

「謝了。」酸酸的回答。

「在我看來，」我說：「你最有興趣的是，薛堅尼命案。」

「算了，算了，這是小事情。警長毛病可大了。迫得我要死要活。東一點，西一點，對你都不利。最不利的就是你突然私奔。警長看來，你在外面對正經的付稅人不太有利，應該給你白吃白住一段時間。那個姓荀的小姐哪裡去了？」

「我一點點概念也沒有。」

「你是和她一起離開的？」

「嗯哼。」

「什麼地方分手的？」

「雷諾。」

「怎麼分手的？」

「另有人看中了她。」

我感到白莎的眼睛在看我。施警官又問：「什麼人？」

「一個姓孫的。」

「那個認屍的？」

「就是他。」

「女孩子會看上他？」

「我也因為這樣想，才吃虧的。」

他說：「亂講是沒有用的，你知道我們會調查。」

「沒問題，」我告訴他：「我可以給你我們租用平房房東姓名，他也開一個加油站。」

「他知道些什麼？」

「今天早上，他告訴我，昨天晚上我太太和那個男人，開我車跑掉了。」

施警官說：「不是很糟嗎？怪不得你看起來霉霉的。你需要長期的休息。我們拉斯維加斯有整個西部最好的氣候。我們不希望再見你不加通知自由離開。我會弄個正式通知給你。免得你再溜掉。」

我說：「那倒也不必操之過急。這裡有幾件事你應該先招呼一下。」

「什麼事？」

「還記得艾保羅嗎？老華先生的左右手？」

「當然。」

「我不知道你有沒有聽老華先生說過。他兒子結婚的時候，他要把公司股權的一半，作為賀禮。稅捐機構對這一類事最為注意。當父子公司組成時，即使華先生認為沒有必要，但稅捐單位也會要求帳務清理。」

我看到施警官對這話題漸感興趣。他說：「說下去。」

我說：「我反正是無法先知的，但是我和你打賭。華先生公司的帳目，一旦清理，就知道艾保羅為什麼不喜歡這樁婚事成功。這就是，為什麼，艾保羅要請荀海倫寫封信給傅可娜，硬把這件婚事破壞。」

「信中說些什麼？」施警官問。

「我無法完全知道，好像說到傅可娜的父親，在可娜十五歲的時候離家出走。我所說的都是提不出證據的，但信中說可娜父親，曾被捕及坐牢。當然可娜覺得沒面子，不願和華家結婚，一時也沒想到出走對費律是不公平的。」

「這是你在說故事，」施警官說：「故事有結局嗎？」

「可娜一定花很多時間想過。她工作過度，本來已經在精神崩潰的邊緣。她要出去親自調查是否屬實，這種事她又不能找人商量，又不能託不親信的人。她一定只好延遲婚禮到完全弄清楚再說。」

「這不會花她太多時間嗎？」

「不會，要不是這件事打擊她太重，使她精神全部崩潰，相信費時不會太多。但昨天，有人發現她在雷諾街上亂晃，完全不知道她自己是誰，也不知道她在做什麼。」

施警官把右眼閉成很細一條縫，皺著眉說：「賴唐諾，我把你當朋友，幫過你們，也燙到過手。你投的都是變化球。這一次，不論你是不是要利用我，一定要過得了警長這一關才行。」

「你想我為什麼要告訴你這些？」我問他。

「我要知道就好了。老實說，我有點懷疑。」

我說：「艾保羅是在爭時間，婚姻越遲舉行，對他越有利。薛堅尼是他後台，必要時薛堅尼會出面作證，他看到可娜父親坐過牢。艾保羅當然要付他錢。你見過薛堅尼，他既多疑，脾氣又暴。艾保羅實在不應該在他情緒最不好的時候去看他。他離開的時候，薛堅尼再也不活了。」

「很好，很好。」施警官說：「只是太多漏洞了。即使算是理論，也不能成立。你自己對這個神話，總不會有一點證明吧？」

「有證明。」

施警官說：「好，你從這一點開始，你先解釋一下，艾先生怎能一面在戲院中看戲，一面同一時間去做這種事？」

我說：「殺死薛堅尼的，假如是女人，殺人的時間是，八點五十分到九點一刻之間。假如是男人，時間就不一定了。」

「為什麼？」

我說：「警長和你都犯了削足適履的毛病。你們先有個理論，硬找事實來湊。你們的理論是因為隔鄰的巫家沒有聽到槍聲，所以槍殺時間，一定是他們不在家的時候。」

「你有什麼辦法，在那公寓開槍，而隔鄰聽不到？」

我說：「假如槍殺不在巫太太離家那一段時間發生，這時巫太太沒有出去，她在家，她說沒有聽到槍聲，你會問為什麼沒聽到？」

「不要告訴我巫太太在做偽證，我們查過，她沒有理由說謊。」施警官說。

我說：「屍體是在公寓裡找到的。隔鄰公寓的人，除了八點五十分到九點一刻，這一段時間外，其他時間都沒有離開。這對警方十分有利，你們依這段時間查兇。有不在場證明的，都沒有嫌疑。假如兇手是女人，這是完全正確的。」

「兇手是男人，有什麼分別呢？」施警官問。

我說：「分別太大了。力氣大的男人，可以在巷子裡開槍殺他，在汽車裡開槍殺他，把屍體用車帶到現場，把屍體揹在背上，拋在荀海倫的公寓裡，而後他可以去看場電影為自己建立一個不在場證明。你有沒有研究過，艾保羅老遠趕到拉斯維加斯，只為了看場電影？發神經了？」

施警官說：「不太說得通。」

「是你要我給你點東西，你可以向警長交代的。不要說我沒有給你。」

「這是你的理論。」施警官說。「漏洞百出，我要拿給警長，會被批評得一毛不值。」

「隨你，不聽我話，你自己倒楣。」

「也許我倒楣，但你會更倒楣。走！我要帶你去局裡。」

我對白莎說：「要有我的信件，可寄施警官轉。」

「憑什麼？」白莎說著站起來，面對著施警官，兩眼雖然瞪出，但仍小得如豬眼。「你以為你是老幾，亂抓人？你跑不了，城裡有律師嗎？」

施警官說：「當然，城裡有律師，出鈔票就有。賴先生現在跟我走。」他帶住我手肘。又說：「我們靜靜地出去。」

我們靜靜地向外走。柯白莎站在門口，嘀咕著不好聽的話，施警官沒有理她。

我們走過旅社大廳的時候，施警官說：「賴，我是不得已才這樣做，你剛才的理論實在不夠說服人。你為什麼不想一個更好一點的出來？」

「我沒關係。不要小看了柯白莎。她不會干休的。過一會，你有機會回想的時候，就是你最窘的時候了。」

「我知道你夠意思，」施警官說：「你也有腦子。你要讓我過得去，你犯的一點小毛病我也就不會計較。」

他把我帶到警局，沒有把我關起來，把我放在一個辦公室，有位警員守著。中午時分，葛警長來了。

警長說：「皮爾跟我談過。」

「那很好。」

「柯太太在外面，帶了律師來，要保你出去。」

「柯太太是很有辦法的人。」

「你給皮爾的理論，他不相信，我倒覺得還亂有點道理的。」他說。

「不過是個理論而已。」

「你有沒有一點證據，來支持這個理論呢？」

「沒有我可以拿出來公開討論的。」

「但是，你還是有一點的？」

「沒有，只有點概念。」

他說：「概念從哪裡來的？」

「想法。」

他搖搖頭：「不要兜圈子。想法，概念——定有什麼你不肯說。是不是姓荀的女郎告訴你什麼？」

我抬起眉毛，顯得十分驚奇說：「怎麼啦？她會知道點什麼嗎？」

「你沒有回答我的問題。荀小姐有沒有告訴你什麼？」

「的確我記不起來了。我們談到很多東西。你看兩個人什麼都談，在一起好多天。」

「還有好幾夜。」他說。

我沒有接話。

他用拇指及食指把下唇抓住，拉出來，又放手，任由下唇自己彈回去。過了一下，他說：「你，想像力還是很豐富的。」

「又怎麼啦？」

他說：「皮爾給我說起你的理論之後。我又回到現場去一寸一寸的觀察了一下。門口的台階，也一級一級檢查。我們發現有半打以上血滴。」

「真的呀！」

他說：「這發現把艾先生的不在場證明，打得粉碎。」

「那你應該詢問他囉？」

「不行，他溜了。」

「這樣喲？」

「這樣沒錯。他昨晚和你一起去雷諾。之後就沒有人見過他。」他說。

「他不是乘班機去舊金山了嗎？」

「沒有。」

「華先生怎麼說？」

「華先生說了很多。我和他在電話上交談過。他正請查帳員來查帳。」

我說：「真是很有趣。緊張、刺激。我還要建議你，不要讓白莎等候太久。她時常會有些突發，意外行動的。」

警長長嘆一聲，把兩隻手掌支住膝蓋，站了起來：「我還是希望你能給我們一點線索。憑什麼證據，你想出這個理論的。對我們會有很多幫助。」

「對不起，只是靈機一動，沒證據。」

「是不是有人給你打小報告？」

「我不知道你們為什麼確定這一點？在我，這是一個合理的推理。現場發現一個屍體，並不一定表示人是死在現場的。」

「你準備什麼時候離開拉斯維加斯？」警長問。

「第一班班機。我絕對不要見什麼新聞記者，在我來說，你已經把案子破了。」

他把眼光移開：「這一點，我倒不太在乎。」

「我不過提醒你一下，有的人很注意這些小地方。」

第十八章　白莎完全痊癒了

鬧鐘吵醒我兩分鐘之後，電話鈴也響了。我拿起電話，是柯白莎打來的。

「你醒了嗎，親愛的？」她問。

「即使沒有醒，現在也醒了。」

白莎不是故意要吵醒你的。」她說。

「有什麼事？」

「華先生來電話，他們查帳發現少了四萬多元。」

「太不幸了。」

「他說他八點正，要在我辦公室和我見面，結結帳。」

「為什麼那麼早？」

「他說他十點鐘班機要去舊金山。」

「喔。」

「我吵醒你，為的是要你開列帳單——你去雷諾的開支，還有其他一切經你花的錢。」

「我已經做了。每樣開支名稱，錢的數目，一項項都列清了。在你桌子上，一個信封裡。」

「那就好了。」

「假如你還有事要找我的話。」我說：「你可以到金格言找我。我去那裡吃早餐。」

「好。」

「你用過早餐嗎？」

她說。「最近我早餐只用果汁。以前的胃口現在都沒有了。」

「好，你結你的帳，九點半我會到辦公室的。」

我掛上電話，淋個浴，刮過鬍子，穿套輕鬆的衣服，走路到金格言。

金格言的老闆娘，今天早上看起來不太對勁。

「早安。」我一面說，一面走向後面房間雅座，在我經常坐的那個位子坐下。

女侍過來聽我點早餐。「火腿，兩面烤。」我說：「老闆娘，怎麼了？」

她笑出了聲：「她活該，不必擔心。她會轉過來告訴你的。番茄汁？」

「雙份的番茄汁，加點辣醬油。柯白莎可能打電話來，要是有她——」

「好，我會給你接過來，她——她不是來了嗎？」

我抬頭望，柯白莎正大步進來。牛頭狗樣稍突的下巴向前，雙眼閃閃發光。

我站起以示敬意。幫她在我對面的坐位坐下。

白莎從腳跟向上，擠出了長長一聲歎氣，笑著對女侍說：「肚子餓了混身都不舒服。恨不得殺個人玩玩，給我雙份麥糊、火腿、兩面煎的蛋、一大壺咖啡，多帶奶精來。」

「是，柯太太。」

女侍無聲地走向廚房方向。

「恭喜。」我說。

「恭什麼喜？」

「恭喜你胃口恢復。」

「嘿！」白莎哼著：「這個老騙子。」

「誰呀？」

「華亞賽。」

「他怎麼了？」

「一直不斷的對我說，我多吸引人。」

我把眉毛抬高。

「我不在乎他這樣講。」她說：「事實上我還鼓勵他這樣講。當然這是社交場合，禮多人不怪。但是這個老昏頭想用這種方法，要我少收他一點服務費。嘿，門都沒有。我應該早點發現這一點的，他是個偽君子。不過女人都喜歡這一套。我一開始有點蠢。要不是最後要談到錢，可能我一輩子也沒有機會罵他。」

「對你也有點好處。」

「好處？好處個鬼。」

女侍帶來我的番茄汁，我喝乾它。當我在等我的早餐時，我伸手進褲袋，拿出一把硬幣，走向牆邊的吃角子老虎。

老闆娘突然跑過來：「走開，走開，今天吃角子老虎壞了。」

「怎麼回事？」

「我也不知道，一個小時前，一個男人帶了個女人來這裡，五分鐘之內，贏了三個傑克寶頭彩。想想看，三個頭彩。那麼許多角子從機器裡出來。機器壞了，有毛病了。」

「為什麼？」我說：「你怎麼會想到機器有毛病了。你不是常告訴我，有人進來贏——」

「不，」她說：「那不同的，我已經打電話請人來修理了。你暫時不要去玩它。」

我回到我桌子，坐下。

「怎麼啦？」白莎問。

「沒事。」我說：「今天可能有人把我的車送回來。」

「嘿，已經送回來了。」她說：「我忘記告訴你。停車場管理員說一個女人送回你的車。親愛的，車子真難看。」

我沒說話。

女侍把食物放在我前面，不知因為什麼，我不太覺得餓。我不停想到雷諾沙漠中的早餐。

白莎把盤中最後一滴蛋黃，都刮進口，抬起頭來，看著我說：「想什麼？」

「沒想什麼，只是不太餓。」

「早餐是一天最重要的，你胃裡沒有東西，哪來工作的能源。」她用手招來女侍。「給我塊巧克力條。」她命令著，又轉向我說：「我要放在皮包裡作不時之需。我常在十點鐘，突然不對勁，要吃東西。白莎餓太久了，親愛的，白莎餓太久了。」

「我知道。」我告訴她：「不過現在，你完全痊癒了。」

白莎打開她皮包，拿出一張藍顏色的支票，看看支票上的數字，搧著支票說：「告訴全世界，白莎痊癒了。」

相關精彩內容請見《新編賈氏妙探之5 一翻兩瞪眼》

新編賈氏妙探之4 拉斯維加，錢來了

作者：賈德諾
譯者：周辛南
發行人：陳曉林
出版所：風雲時代出版股份有限公司
地址：10576台北市民生東路五段178號7樓之3
電話：(02) 2756-0949
傳真：(02) 2765-3799
執行主編：劉宇青
美術設計：吳宗潔
行銷企劃：林安莉
業務總監：張瑋鳳

出版日期：2023年1月 新修版一刷
版權授權：周辛南
ISBN：978-626-7153-54-3

風雲書網：http://www.eastbooks.com.tw
官方部落格：http://eastbooks.pixnet.net/blog
Facebook：http://www.facebook.com/h7560949
E-mail：h7560949@ms15.hinet.net
劃撥帳號：12043291
戶名：風雲時代出版股份有限公司

風雲發行所：33373桃園市龜山區公西村2鄰復興街304巷96號
電話：(03) 318-1378
傳真：(03) 318-1378
法律顧問：永然法律事務所 李永然律師
北辰著作權事務所 蕭雄淋律師

行政院新聞局局版台業字第3595號 營利事業統一編號22759935

定價：299元

國家圖書館出版品預行編目資料

新編賈氏妙探. 4, 拉斯維加,錢來了 / 賈德諾(Erle Stanley Gardner)著；周辛南譯. -- 臺北市：風雲時代出版股份有限公司, 2022.12　面；　公分

譯自：Spill the jackpot
ISBN 978-626-7153-54-3（平裝）

874.57　　111016198